霊能者のお値段

お祓いコンサルタント高橋健一事務所

葉山　透

幻冬舎文庫

霊能者のお値段

お祓いコンサルタント高橋健一事務所

目次

第一話

1

「まず、今日の相談料が1万円。着手金が10万円。調査は時間給で一時間あたり5000円。一日八時間の調査とすると一日4万円」

慣れた手つきで電卓を叩く手を、三田村潤《みたむらじゅん》は緊張した面持ちでじっと見つめていた。

「三田村さん、君のケースだと平均二週間はかかる。週休二日といきたいが、相手は年中無休でね。つまり56万円」

目の前の男性は電卓を叩きながら、癖なのかたまにメガネの縁をクイッとあげる。きっちりと整えられた髪、真っ白なワイシャツの襟元には綺麗にディンプルが出たネクタイ。濃紺のスーツはプレスがきいてしわ一つない。見た目は堅い銀行員かやり手の弁護士かといったところだ。

「え？　70万近くかかるってことですか？」

1＋10＋56で67万円。予想よりも高かった。

シャツの裾を思わず強く握り締める。潤の動揺とは裏腹に、男は淡々と電卓を打ち続けた。

「さらに必要経費はざっと見積もって30万円、書類の作成費用等の諸経費が3万円、機材費が……」

　すらすらと出てくる金額はすでに１００万を超えていた。せいぜい10万円くらいだろうと考えていたのは甘かったらしい。鏡を見なくても顔が青ざめているのがわかる。

「え、えっと……あの……」

　うまい言葉も見つからず、言いよどむ潤の目の前に一枚の紙が差し出された。

「合計、２００万とんで80円だ」

「に、２００万円！」

「プラス80円だ」

　差し出された紙をひったくるように受け取り、明細を食い入るように見た。

「ど、ど、どうしてこんなに高いんですか？　１００万円だって高いのに、何をどうすると２００万円になるんですか？　この50万って？」

「そこに書いてあるだろう。字が読めないのか。危険手当だ」

「危険手当？」

「相手は怨霊だ」

「だけど……」

「君の依頼の怨霊は推定Bランク。一定以上の霊能者には視認でき、実体化をともない人体に危害を及ぼすレベルだ。危険手当が必要になる。うちの料金設定はBランク怨霊の退治の危険手当は一律50万円と決まっている」

「ちょ、調査費もぼったく……高すぎると思うんですけど」

明細書を凝視しながら言う。しかしどれだけ見つめても紙に書かれた金額が変わることはなく、目の前の男性の態度が変わることもなかった。

ちらりとテーブルの隅に置いてある名刺を見る。味も素っ気もない白い名刺には、お祓《はら》いコンサルタント高橋健一《たかはしけんいち》事務所、高橋健一と書いてあった。名前までも素っ気ない。

お祓いコンサルタントを名乗る高橋は、ボールペンで机を叩きながら、見た目どおり事務的な口調を崩さずに、パソコンのモニターの一つを潤のほうに向けた。

「このホームページは興信所でも大手のものの一つだ。浮気調査や素行調査をやっているごくごく普通のね。そこの一番下っ端のバイトでも調査費用は一時間で3000円。悪霊祓いという特殊な技能職の時間給が5000円というのが、君は暴利だと言うのかね？」

モニターに表示された興信所のHPには、高橋が言ったとおりの料金設定が表示されている。

「ぼ、暴利とか言うつもりでは……。あの、機材費20万ってなんですか」

頭が混乱していてぼったくりと言いかけたことすら忘れていた。

「まずは怨霊を封じ込めておく石。そのへんに転がっている石ではダメだ。それなりの石と札が必要になる。細かくなるので書かなかったが、封印石はマラカイトで4万円。札は越前和紙の特注品を使い一枚2万円。八方に貼るので合計八枚で16万円だ。Bランクの怨霊には最低このクラスの道具が必要になる」

「ま、マカライ、と？　石？」

「高すぎるというなら、パワーストーンショップにでも行って、見てくるといい。二センチ程度の丸玉のマラカイトでも2000円以上する。4万円は業者間の卸値だ。マージンはとっていない。なんなら君が見つけてくるか？　普通に素人が店で買えば倍以上すると思うがね。いや、質の悪い偽物をつかまされるのがオチか」

「ほ、保管代というのは……？」

「怨霊を封印した石を保管しておく場所だ。まさかそのへんに放置しておくわけにもいかないだろう。しかるべき場所にしかるべき手段で保管する。時を見て処分するとしても、石や怨霊が勝手に消えてくれるわけじゃない」

「え、でも、ほら、海に流すとか、清流で清めるとかじゃダメなんですか？」

高橋が小さく嘆息した。マンガの読みすぎだとつぶやいたように聞こえるのは気のせいだろうか。

「こんな怨霊を海になんか流したら漁師が迷惑する。いまどき漁業権がない海岸なんてないぞ。それとも君は怨霊にまみれたシラス丼を食べたいのか」

なにをどう言い返していいかわからない。せめて計算に間違いがないかと、スマホの電卓を開き、明細書に書いてある数字を入力した。結果は非情にも明細書どおりだった。

「でも、そんな……200万円なんてとうてい払える額じゃ……」

「ああ、そうそう。肝心なことを忘れていた。消費税がある。消費税を入れて216万とんで86円だ」

「しょ、消費税……。悪霊退治に消費税？」

「当たり前だろう。小さな事務所だが立派な事業者だ。税金を払う義務がある。国税庁を敵に回すほど私の肝は据わってない」

霊能者と国税庁。アンバランスな響きだが、目の前の男性は税務署にいたらさぞかし違和感がないことだろう。確定申告書の職業欄にはなんと書いているのだろうか。

名刺どおりお祓いコンサルタントなのだろうか。それで通るものなのか、高校生の潤にはわからなかった。

「最後にもう一つ言っておくことがある。これは最低料金だ。怨霊が手強ければそれだけ必要な機材費も高くなる。危険手当も上がる。成功報酬はBランクの場合30万。もちろん悪霊退治に失敗した場合は成功報酬は受け取らないし、機材費全額と調査費の半額はお返しする」

「祓ってくれないなら、そりゃ払いませんよ！」

「私も金を払わないなら祓わない」

「シャレですか？」

「先に言ったのは君だろう」

「そ、そうですけど」

「私はプロだ。君の友達に憑《つ》いた怨霊は祓う」

高橋は潤が握り締めていた明細書をスッと取り上げると、しわくちゃになった紙を綺麗に広げなおし、机の上に置きなおした。

「だから、君もそれに見合う対価を払っていただきたい。私はボランティアでやっているわけじゃない。これはビジネスだ」

2

「なんだよ216万って。いくらなんでもぼったくりすぎだろ」

潤はお祓いコンサルタントの事務所があったビルを飛び出すと、美術館の前の綺麗に整備された遊歩道を、怒りながら歩いていた。

「216万っていったら、マックの100円コーヒー二万杯も飲めるんだぞ。毎日飲んだって十年は飲めるんだぞ。いやもっとか、二十、三十……五十、六十年くらい？　ともかく一生分だ、一生分。ぼるにも限度があるだろ。なあ、あんたもそう思わない？」

隣をよたよたとおぼつかない足取りで歩いているスーツ姿のサラリーマンに同意を求める。

「わかるよな？　なっ？　だよなっ！　嬉しいな。わかってくれるんだ。あんたにうなずく頭がなくても、喋れなくても、俺にはちゃんと気持ち伝わってるから」

潤の言葉通りサラリーマンには頭がなかった。

「あーあ。三軒目もだめかあ。でもあれはない。200万なんてさ。それっぽい言葉並べてたけど、だまされないでよかった。あれはそうだ。金持ち相手の詐欺師野郎だ」

潤は頭のないサラリーマンに向かって話し続ける。

「だいたい一人目のやつはなんだ。あなたのうしろに悪霊が見えます、前世の業ですとかなんとか言いやがって。おまえのうしろにこそヤバい顔した霊がいるの気づかないのかよ。人の心配する前に自分の心配しろよ。ああ、思い出すだけでも腹が立つ。なあ、あんたもおかしいって思うだろ？」

頭のないサラリーマンは、しばらく潤の横にいたが、やがてよたよたと潤から離れていった。途中、道を行きかう人々とぶつかりそうになるが、なぜか体は人々をすり抜けていく。

「あ、もう行くの？　そういえば保土ヶ谷の霊園に首だけの綺麗な女の人がいたよ。男女はお互い自分にないものを求めあうっていうし、相性いいんじゃない？　愚痴に付き合ってくれてありがと！」

誰もが潤を奇妙な目で見ていた。一体誰に向かって話をしているのか。晴れた午後の遊歩道で一人虚空に話しかけている姿は、ただの奇行にしか見えない。

まわりの視線に気づいた潤は、

「ヤバッ」

とつぶやくと慌ててその場を立ち去った。

「やっちまったなあ。うっかり話しかけちゃうんだよな」

独り言をつぶやきながら木陰のベンチに腰を落ち着ける。

「はあ、疲れた。どこかに除霊できる霊能者っていないのか？　やっぱり、坊さんか神父さんに頼むのがいいのか。でもなあ、寺にも墓場にも霊はうようよいるんだよなあ。お坊さんとかだって、見えてないんだし。はあ。どうすればいいんだろ」

横浜、みなとみらい地区の高層ビルはどこも新しくピカピカで、五月晴れの空の下、青々とした街路樹が続く。

歩いているだけでもテンションがあがるような場所なのに、潤はベンチに座ったまままうなだれてしまう。

「どうしようっかなあ……」

目の前にTSUTAYAと一緒になったおしゃれなスタバがあった。多少贅沢かなとは思ったが、気持ちを落ち着けるために入ることにした。

「216万が遠のくな」

一番安い280円のアイスコーヒーを頼んでいざ支払いの段になると、潤は財布の中を覗きながら唸《うな》る。さっき自分で言ったマックのコーヒーなら100円だ。

潤はすぐに首を振る。そんな金額をケチったところで、すぐに200万に届くわけではないし、なによりいつもと違う場所で気持ちを落ち着けたいのだ。マックだったら宿題かゲームをやる気分にしかならない。

　窓際の席に座って、ガムシロップとミルクを大量に入れたアイスコーヒーを飲みながら、今日一日の出来事を思い返す。

　お祓いができる霊能者を探して、三軒まわった。一軒目はさっき通りすがりの霊にグチった通り。自分のうしろの霊も見えていないヤツだった。二軒目は入るのもためらう汚いビルの中で、クスリをやっていそうなヤバい目つきの自称霊能者が出てきたのですぐ帰った。三軒目でようやく、きちんとしたオフィスで相談らしい相談ができ、一番まじめに話を聞いてもらえ、光が見えたと思った瞬間、料金の話になり、２００万円も払えませんと自分から出てきてしまった。

　ポケットから渡された明細書を取り出す。くしゃくしゃになった紙を広げて、穴が開くほど見つめたが２１６万86円は変わりそうもない。

「っていうか立派な霊能者だったら、悪霊に取り憑かれて困ってる人を助けてくれるはずだろ。それなのに……」

　口から出た独り言が途切れる。

「すみませーん、横、失礼します」

店員が潤の横で手を伸ばし、西日をさえぎるためのカーテンをおろし始めた。いつのまにか時計は午後三時半を回っている。

「ヤバッ！　もうこんな時間じゃん！」

慌てて席を立った。

これからバイトが入っている。

地下鉄の駅につくと、タイアップ時期なのか、有名なゲームの効果音が電車の発着音になっていた。懐かしいそのメロディはバトルに勝ったときのテーマ。よく遊んだゲームだ。思いがけず耳に入ったアップテンポの勝利音は、沈んだ潤の気持ちを少しだけ明るくしてくれた。

3

「ゾンビだあああ、ゾンビが出たぞおおおっ！」

夕暮れの外国人墓地に、必死に逃げまどう人々と、それを追いかける腐った死体がいた。

「うおおーーー。アリエッタあああああ。モリエスビビルううう」

意味不明の言葉を発しながら、右も左もゾンビだらけだ。

途中で転んだ女性に、追いついたゾンビが無情にも群がり、断末魔の悲鳴があがる。

「きゃあああああぁぁぁっ！」

その様子を目の当たりにした若者は、腰を抜かして座り込むと、そのまま後ずさりした。助けるどころか、恐怖に顔を歪めて見ていることしか彼にはできなかった。

女性に群がっていたゾンビの一体が、よたよたと近づいてくる。そのまま這《は》うように逃げる若者の足をつかんだ。

「やめろっ！　近づくなあぁぁっ！　うわあああ」

ひときわ甲高い悲鳴が外国人墓地に響き渡った。

「はい、カット！」

声がかかると同時に場に流れる張りつめた空気が一気に緩んだ。

「いやあ、みんな、よかったよ！　迫真の演技だった」

女性に群がっていたゾンビはみなぞろぞろと立ち上がり、若者も何食わぬ顔で立ち上がった。

若者の足にしがみついていたゾンビも、やっと終わったと言いながら立ち上がる。

「よ、潤、お疲れ」

「ああ、先輩もお疲れさまっす」

ゾンビの格好をした潤に、同じくゾンビの格好をした先輩が話しかけてくる。

「終わりましたよ」

まだ足元で震えている役者に向かって潤は手を差し出す。

「大丈夫ですか？」

「あ、う、うん」

「はは、エキストラの君、迫真の演技のゾンビだったからね」

そう言って近づいてきたのは、現場を仕切っていたディレクターだった。

「やっぱり本物の外国人墓地はいい。日本でゾンビモノ作るのは難しいんだけど、ここはぴったりだ。君のゾンビの演技、真に迫っていてすごくよかったよ。演技指導とか受けてるの？」

「え？ いえ、別に……」

潤は笑ってごまかす。迫真の演技なのは当然だ。すぐ横に本物のオバケ――ここは外国人墓地だからゾンビがいっぱいいる。演技指導は受けていないが本物のゾンビたちを真似しているのだ。

――なんて、ほんとのこと言えるわけもなし。

潤は幽霊が見える。小さいときからずっとだ。だが、それを言ったところで誰も信じてくれないのは十六年しか生きていない人生の中で、嫌というほど思い知っている。

「あー、カントク、こいつね、霊感あるんですよ。学校でも幽霊アンテナって呼ばれてるっす」

「ほんとに？」

「ちょ、先輩、テキトー言わないでください。ウソです、ウソ。ないですよ」

からかわれるのももう慣れた。先輩の軽口を適当にいなす。

「君は地元の子だっけ？」

「地元って言うにはちょっと語弊が……。いちおう横浜市民ですけど、こんな山手みたいな横浜のど真ん中じゃないです。横浜を名乗る何かっていう区です」

「はは、君、面白いね。若いし。学生？」

「遠陵高校《おんりょうこうこう》の二年です」

「俺はホラーやオカルト関係の番組作ってるんだ。君、すごくよかったから、次に撮るときもぜひ出てくれないか。今度は中華街でキョンシーが現れたパニックモノをやりたいんだ。はい、これ。僕は小林《こばやし》といいます。よかったら君の連絡先も教えてくれる？」

と笑顔で名刺を差し出してくる。ディレクターの笑顔の横では本物のゾンビが首をかしげてこっちを見ていた。

4

潤にとって霊が見えるのは小さいころから普通だった。だが小学校に上がる前に、どうやらこれは人に言っても信じてもらえるわけでなく、自分だけに備わった特殊な能力らしいと悟った。五歳のとき事故で亡くなった両親は、何もないところに向かって話しかける潤に、誰と話しているの？　とよく聞いてきた。

そして霊は見えるだけで、特に潤に何かをしてくるわけでもなかった。潤にとって幽霊は通りすがりの人間に似ていた。生きている人間だって、何千何万といる。満員電車で、人ごみの中で、目に入ったとしても、ほとんどの霊と深く関わることはない。ただ明らかにヤバそうな気配がするものには近づかない。それは街でヤクザっぽい人がいたら避けて通るのと同じだ。

霊は見えても言葉を交わせるわけではなかったし、霊が見えたからといって特に損をするわけでも得をするわけでもない。

他人にない特殊能力なのかもしれないが、それが勉強や部活や友人との人間関係に役立つことは皆無だった。

いうなれば、換金できない宝くじの当たり券。

潤にとって霊感とはそんな能力だった。

そんな潤が霊能者を本気で探すようになったのは、つい十日前。

ゴールデンウィークの雨の夜の出来事がきっかけだった。


近所のコンビニに出かけたとき、道の向こうに七歳年上の幼馴染、夏目《なつめ》鈴音《すずね》の姿が見えた。夜だから一緒に帰ろうと声をかけようとしたそのとき、彼女は夢遊病者のように車道に出てきた。

「スズ姉ッ！」

潤は慌てて彼女に手を伸ばしたが間に合わなかった。車にはねられ弧を描き宙を舞う彼女の体が、アスファルトに叩きつけられる前に受け止めるのが精いっぱいだった。

受け止めた体は腕の中でぐったりとしている。

「スズ姉、スズ姉！」

潤がどんなに呼びかけても、彼女の反応はなかった。抱きかかえている頭からは血が流れ、腕はだらんと垂れてアスファルトに接している。

「俺のせいじゃねえ。その女が飛び出してきたんだ。フラッと車道に出てきたんだ。横断歩道でもなんでもねえとこで、いきなり」

車から出てきた男は、自分に言い聞かせるように必死に喋っていた。

「スズ、スズ、大丈夫？　ねえ、スズ姉、答えてくれよ」

潤は涙を流しながら必死に呼びかけるが、鈴音からの反応はない。周囲には人だかりができていて、遠巻きに事故現場を見ている。スマホで撮影している姿もあった。

視界の端がちらちらする。救急車のランプが回っていた。

降りてきた救急隊員が鈴音の様子を確かめて、手際よく担架に乗せる。潤にはその様子を見守ることしかできなかった。

「君、ご家族？」

救急隊員の一人が話しかけてきた。

「いえ、近所の、あ、ええと幼馴染です。でも家族同然です」

「君も怪我してるね。一緒に乗って」

そこで初めて自分も頭から血を流していることに気づいた。車にはねられた鈴音を受け止めたときどこかにぶつけたのかもしれない。しかしそんなことはどうでもよかった。

「彼女の名前は？」

「夏目鈴音です」

「ご家族の連絡先わかりますか？」

病院で一通りの治療を終えて頭に包帯を巻いた潤に、看護師が聞いてきた。

「いえ。……あ、わからないとかじゃなくて、鈴音は両親も死んで、親戚もいなかったはずです」

「そう。身寄りがないの。他に誰か連絡できる人いる？」

「婚約者が、鈴音には婚約者がいます。山内《やまうち》って人です。山内隆《たかし》さん。秋に結婚するんです。ただ連絡先まではちょっと……」

「そうか。君のご家族とは仲がいいの？　ご両親に連絡できる？」

「俺も両親いなくて、叔父と叔母の家にやっかいになってます。両親は小さいときに亡くなって……」

そうこうしているうちに、かけつけた潤の叔母が来て、鈴音の会社に連絡を入れた。

鈴音が意識を取り戻したときには、事故から半日が経過していた。

「スズ姉、大丈夫？」

集中治療室のベッドで上半身を起こした鈴音は弱々しく微笑む。

「心配かけてごめんね」

元気はないが、おもいのほか早く意識が戻ったことにほっとした。

「大丈夫？　痛いところはない？」

「うん……。まだ麻酔きいてるみたい。潤君こそ、おでこ、大丈夫？　私をかばったときのだよね？」

「ああ、大したことないよ。医者が大げさに巻いただけ。かすり傷だって」

喋りながら潤の視線は、鈴音の背後に移動していた。

「どうかした？」

「ねえ、スズ姉。そのうしろにある黒いのは何？」

いままで見たことがない何かが鈴音の背後に漂っていた。見慣れた人間の形をした霊とは違う。明確な形をもたない黒いもやは、見ているだけで不安になる。

「うしろ？　何って枕だけど？」

鈴音は振り返って枕を見るが、その間にある黒いもやに気づいていない。

「どうしたの？　変な顔してるよ？」

少し離れたところに立っている看護師も二人の様子を怪訝《けげん》そうに見ているが、黒いもやは同じように見えていないようだ。

——誰にも見えないってことは、これも霊なのか？

黒いもやを見ているとどんどん不安な気持ちが膨れあがっていく。頭を怪我した後遺症で視覚に異常が出たというほうが、まだマシに思えた。それほどまでに、異質で不吉な存在だと感じた。

潤がいままで見た霊は人の形を保っているものばかりだ。うごめく黒いもやなど初めて見る。

黒いもやの気味悪さは、毒キノコや気味の悪い虫を見たときに湧き上がってくる生理的嫌悪感や怖さを、何十倍何百倍にもしたようだ。

——ヤバイ。これはヤバイ。

これは関わってはならない、触れてはならないものだ。それだけは本能的に察することができた。

5

あの日以来、鈴音の背後には黒いもやが見えるようになった。鈴音は大丈夫なのかと、日増しに心配が大きくなった。

今日は鈴音のお見舞いに行く日だ。

——元気になってるといいけど。

エキストラのバイト代は即日支払われたので、懐が暖かくなった潤は、鈴音の好物のマカロンをデパ地下で買っていくことにする。

一個300円以上するピエール・エルメのマカロンは、高校生の潤にとって信じがたいスイーツであるが、鈴音のためなら躊躇《ちゅうちょ》せず買える。

一目でそれとわかる包みを見たら鈴音は喜ぶに違いない。紙袋を大事に抱え、病院の廊下ですれ違う幽霊もなんのその、潤は意気揚々と病室に入った。

しかしそんな気分も鈴音を見た瞬間吹き飛んだ。

鈴音にまとわりつく不吉な黒いもやが大きくなっていた。しかしそれより驚いたのは、鈴音の怪我が増えていたことだ。一昨日はなかった腕の包帯が痛々しい。顔色も以前より悪くなっている。

「ちょっと、スズ姉。どうしたの？」

マカロンの箱を乱暴に置いて詰め寄る潤に鈴音はにっこりと笑った。

「大丈夫、ちょっとふらついて階段で足を滑らせただけ」

「なに言ってんだよ。それ、ぜんぜん大丈夫じゃないだろ？」

黒い禍々《まがまが》しいもやが見えている潤には、ただ足を滑らせただけというのも額面どおりには受け取れなかった。つい言葉も荒くなる。

「病院で転んだんだもん、どこよりも安心だよ。すぐ手当てしてもらえて、これって逆に運が良くない？」

怪我がひどくなっているのに、鈴音は明るく振舞っていた。

「大丈夫、潤君が心配しているようなことじゃないって。下のコンビニで買い物しすぎて、手がふさがってたから上手く受身がとれなかっただけ。考えすぎないで」

鈴音が明るく振舞っているのにこれ以上不安になるようなことを言うわけにはいかなかった。

「マカロン買ってきてくれたんだ！　ありがとう。すぐ食べたい。いま食べたい。さっきプリン食べちゃったばっかりだけどいいよね？」

「コンビニで持ちきれないほどスイーツ買ったんだろ？　まだ食べるの？　入院して食っちゃ寝してて、ウエディングドレス入らなくなっても知らないよ」

鈴音は二年つきあっていた彼にプロポーズされ、秋には挙式の予定だ。婚約者の山内は公務員で堅実そうな人だった。もちろん祝福する気持ちはあるが、結婚したらいままでのように気軽に二人でご飯を食べたりもできなくなるだろう。ちょっと寂しいのも本音だった。

「ま、山内さんなら、スズ姉が多少太っても可愛いって言ってくれそうだよね」

明るい話題なのに、なぜか鈴音のうしろの黒い影の嫌な感じが強くなった気がした。もしかしたら嫉妬めいた自分の感情に反応してしまったのだろうか。潤が次の言葉に詰まっていると、

「大丈夫だよ。潤君、そんなに心配しないで」

鈴音が静かに笑ってくれる。その穏やかな笑顔に気持ちを押されて、潤は今日の出来事を語りだした。

「実はさ、今日、スズ姉に憑いてる黒いもやみたいなのを霊能者に相談しに行ったんだけど……」

「え？　ほんとに？　どうだった？」

「ぜんぜんダメ。三軒とも全部はずれだった」

「そう……」

「とくに最後に行ったお祓いコンサルタントってところは最悪だった。いくら請求してきたと思う？　２１６万とんで86円だよ！　衝撃的すぎてもう数字覚えちゃった

よ」

「216万円……。お祓いってそんなに高いものなの？　どんな人だったの？」

「なんかいかにもインテリメガネって感じだった。道ですれ違ったらサラリーマンにしか見えないいんじゃないかな」

「そんな霊能者もいるんだ」

「立派なビルで立派な事務所かまえてるから、きっとまともなんだろうって思ったけど違った。あれは詐欺だね。俺が高校生だと思ってなめてたんだよ」

「そうかなあ。一介の高校生相手に何百万も請求しないいんじゃない？」

　言われてみればそうかもしれない。請求したところで十人中十人払えないと言うだろう。

「それにね、もう一つまちがってると思うところがあって」

「なに？」

「高校生じゃなくて中学生に見えたんじゃないかって」

「スズ姉ひどい。それは言わない約束！」

　身長一六四センチ、手足も細く童顔の潤は中学生にまちがえられることも少なくなかった。

「ええ、いいじゃない。それだけ可愛いってことだよ」

「可愛い禁止！　何回も言わせんなよ！　あと背はまだ伸びるから！　絶対伸びるから！」

「ごめんごめん。でも学生相手に２００万は、詐欺でだまし取ってやろうっていうより、追い返すほうかなって私は思うな。簡単に言えば門前払い」

「それはそれでムカつく」

「あはは、難しい年頃だね」

潤が明細書を見せると、鈴音が首をかしげた。

「この値段、納得できなくはないよね……」

「どこがだよ。ぼったくりじゃん」

「だってみなとみらいで立派な事務所をかまえてるんでしょう？」

「詐欺で儲けた金だよ。いかにも人をだますのがうまそうだった。メガネを指先でくいってあげて、もっともらしいこと言ってたよ。立派なソファに立派な机、立派な本棚もあった。あと立派な看板」

「もう少し語彙力増やそうよ。でもほら、そういう立派なオフィスや看板があったなら、それにもお金がかかるんだよ。商売って設備投資や人件費っていう必要経費があってね。わかる？」

「子供扱いすんなよ、スズ姉。それくらいわかるよ。でも本物の霊能者なら悪霊に取り憑かれてる人を放っておくなんてひどすぎない？　相手が子供や貧乏人なら放置ってことだろ？　払わないなら祓わないなんて寒いダジャレ言ってたし。結局は金目当てなんだよ。立派なオフィスは信用させてだますためだろ」

「けど、もし詐欺なら、徐々に金額を吊り上げていくようにするんじゃないかしら？」

言われてみればそうかもしれない。ぼったくりや詐欺なら高校生相手にいきなり200万円の請求は非現実的だ。

「じゃあ門前払いのほうかなあ……」

それにしては明細書の作りはもっともらしくできている。門前払いなら適当に話を聞き流すだけでいい。

「どう思う？……スズ姉、聞いてる？」

「……う、うん」

鈴音はうつむき気味に生返事をする。目の焦点はどこにも合っておらず虚《うつ》ろだった。

「スズ姉？　おーい、そこのスイーツ過剰摂取のお姉さーん？」

反応はない。

「スズ、スズ！」

肩を揺さぶって必死に呼びかける。

黒いもやに取り憑つかれてから、鈴音はふと魂が抜けたようにぼんやりすることがある。どこか手の届かないところに連れていかれそうで、そのたびに恐怖した。車にはねられた日のことが忘れられない。

「あ、潤君？　だ、大丈夫だから。心配しないで」

浅い眠りから目覚めたように、まだどこかぼんやりとしていたが、それでも目がまっすぐに自分を見ていることにほっとする。

黒いもやは変わらず鈴音のうしろを漂っていた。

「スズ姉の様子がおかしいのは、やっぱり霊のせいかな」

「だから大丈夫よ」

笑っているが、憔悴の色は濃い。

「俺が言ってることが嘘だって思ったことないの？」

「霊能者の料金が高かったこと？」

「そっちじゃなくて、スズ姉の背中に見えてる黒いもやのこと」

「ああ、そっち。だって、潤君ってそそっかしいし思い込み激しいし勘違いもしょっちゅうだけど」

「そこまでひどくないよ」

「でも私に嘘はつかない、でしょ？」

　鈴音は潤の目をまっすぐに見て言った。

「え……俺だって、嘘くらい、つくよ？」

　実は小さいころから鈴音が好きだったこと、でも自分は鈴音にとって近所の小さい男の子でしかないから、ずっとそういう態度をとってきたこと、婚約したと聞いてショックを受けたこと、でも身寄りのないスズに家族ができるなら祝福しなくちゃ、と思ったこと——とか。

「そりゃね、学校のテストの点数とか、バレンタインのチョコをたくさんもらったとか、アダルトサイトなんて見てないとかそういう嘘はとっくに気づいてるけど」

「スズ！」

「でも悪質な嘘なんて絶対つかない」

　日なたのような笑顔は、何を言われても許してしまいそうだ。

「潤君に言われたとき、やっぱりって思うことがあったの」

「そうなの？」

「なんか背後にずっと何か気配を感じるの。最初は気のせいだって思ったけど、ずっとずっと感じて……とにかく……怖い」

「スズ姉……」

「だから潤君がわかってくれて、すごくすごく心強いんだよ」

頼りにされている。それだけでいくらでもがんばれる。男って単純だ。我ながらそう思ってしまう。それでも悪い気はしなかった。

「ともかくもう少し霊能者を探してみるよ。お金かかるようなら、俺もバイトがんばるし。今日、カントクさんに褒められたし、原付免許とったからピザ屋の宅配とかもできるし……」

テンション高く話す潤を鈴音が厳しい口調でさえぎった。

「何言ってるの。もしお祓い頼むことになったら、お金払うのは私だよ。自分のことなんだから。貯金ならあるから心配しないで」

「でもさ、それはスズ姉の大事な結婚資金だろ。悪霊とか言い出したのは俺。スズ姉は信じてくれるけど、普通は悪霊なんて信じないよ。もしスズ姉の貯金を使うなら、山内さんにも相談しなきゃ。婚約者が悪霊祓いのために結婚資金の大半を使ったなんて絶対怒るって。式場とか新居とかもう二人で決めてるんだろ？」

「うん、そう……だね……」

鈴音は困った顔でうつむいてしまった。

山内は話だけ聞いていても堅実な現実主義者だ。そんな理由で婚約者が数百万のお金を使うなんて許してくれるはずがない。潤もし山内の立場だったら絶対反対するだろう。

シングルマザーで苦労して鈴音を育てた母親を大学生のときに病気で亡くし、身内らしい身内がいない鈴音には頼れる人がいない。貯金も真面目な鈴音がコツコツ貯めたものだ。

二人の間に気まずい沈黙がおりる。

『毎週金曜日といえばおなじみ！』

突然、にぎやかにテレビの音が鳴った。向かいのベッドの人がつけたようだ。

『花坂《はなさか》ハルトの祓ってみせまｓｈｏｗ‼』

少し寒いダジャレのテロップとともに軽快な音楽が流れて、テレビのスタジオに一人の男性が現れた。

長めの茶色い髪をしてるのに、着ているのは白い紋付にシルバーグレイの袴というミスマッチ。でもそれが滑稽にならないルックスの、かっこいい爽やかイケメン。

笑うと白い歯が光りそうだ。歯ブラシのＣＭが良く似合うに違いない。

一見するとビジュアルが売りの芸能人に見えるが、本業はスピリチュアルな霊視や占いで、テレビだけでなく雑誌にもひっぱりだこだ。風水を取り入れたインテリアの本などもたくさん出している。

「この人、人気あるよね。私も占いの本買ったことあるけど面白かったよ」

鈴音が沈黙と気まずさを埋めるように話す。

『今日の依頼人はこちら！』

霊関係の番組だというのに夜七時台のゴールデンタイムに明るく放送している。

番組の流れはこうだ。

悪霊に取り憑かれたとかポルターガイストが起こるとか、霊関係で困っている依頼人がいる。花坂ハルトが霊の調査をして、最終的にはお祓いに成功する。スタジオには依頼人が元気な姿を見せてめでたしめでたし。

そして今日もめでたしめでたしで締めくくられた。なんとなく最後まで見てしまった。

『「花坂ハルトの祓ってみせまｓｈｏｗ!!」では、視聴者の皆様から霊体験、悪霊祓いの依頼をお待ちしています』

依頼人募集のテロップとスタッフクレジットが流れる。

「あっ」

潤は思わず声をあげた。

「これだ！」

何事かと驚く鈴音に説明はあとですると言って、慌ててスマホで検索する。

番組のHPには『花坂ハルトの祓ってみせまｓｈｏｗ‼』は謝礼のたぐいは受け取らないと書いてあった。

「でもこういうのって、メールで申し込んでから、すごい時間がかかるんじゃないのかな」

潤の意図を理解した鈴音が、潤のスマホを覗き込みながら弱気な声を出している。

「いや、もしかしたら、なんとかなるかも……」

潤はバイト先のディレクター、小林からもらった名刺を鈴音に見せる。印刷されたロゴは、いまクレジットで流れていた番組の制作会社の名前と同じだった。

6

「はじめまして、花坂ハルトです。よろしくお願いします」

テレビに出ていたのとまったく同じ、端整な顔立ちが目の前にあった。

見慣れた紋付袴の衣装でなく、ラフなシャツにデニムとスニーカーといういでたち。しかしさすが有名人、生で見ると、驚くほど顔が小さくて、一七三センチの身長がもっと高く見える。きらきらしたオーラはカリスマスピリチュアリストだからか、それとも見目麗しいからか。

「は、はじめまして。ミ、ミタ、三田村潤です。こちらこそよろしくお願いいたします」

緊張と早口で舌を噛《か》んでしまう。

まさか本当に選ばれるとは。パイプ椅子の上でこれ以上ないほど体を縮こませて恐縮してしまった。

名刺をくれたディレクター、小林に『花坂ハルトの祓ってみせまｓｈｏｗ!!』に出られないか頼んだところ、とんとん拍子に話が運び、三日後にはこうしてカリスマスピリチュアリストの花坂ハルト本人に会えていた。

――小林さん、ありがとうございます。次の中華街のキョンシーもエキストラがんばります。

「小林さんの紹介で、君は演技力があるって聞いたけど、将来は役者さん希望なの？」

「いえ、エキストラのバイトは先輩に頼まれてたまたまで……。演技力はかいかぶりです。俺、すごい怖がりなんで墓場が怖かっただけです」

幽霊が見えるんです、というのは相手がそれを本業にしているスピリチュアリストでもなんとなく言いにくかった。

「へえ、でも小林さんが褒めるなら演技力あるんだろうし、可愛い顔してるし、向いてるんじゃないの？」

花坂ハルトのようなイケメンに褒められるのは、社交辞令とはいえ素直に嬉しいが、最後の可愛いはチビで童顔の潤には禁句だ。

「可愛いって嬉しくないんですけど……」

「あはは。ごめんごめん。高校生なら嫌だよねえ。僕はオバサマのファンに言われるのはもう抵抗ないけどね。あれ？　ってことは僕も歳をとったってことかな」

花坂ハルトは人懐っこい笑顔で軽口をたたく。緊張をほぐそうとしてくれているのだとわかった。

「さて、本題に入りましょうか。僕がうかがった話では、君が悪霊に取り憑かれたという話ですが……」

しかしハルトは潤を見て首をかしげた。

「でも君は憑かれていませんよね。ご家族かご友人の話ですか?」

驚いた。

「わかるの?」

「それくらいわからなかったらインチキでしょう」

「す、すみません……」

疑うような言葉を言ってしまったことに気づいて身を縮こませる潤に、ハルトの笑顔は変わらない。

「いえいえ、お気になさらずに。インチキとか信じられないとか僕らの業界では、毎日のように言われます。詐欺師呼ばわりはもう挨拶みたいなものですよ」

にこやかな笑顔は先日行ってきた無愛想インテリメガネ霊能者とはずいぶん違う対応だ。

「あの、じゃあ……あそこのライトの陰にいる女の人、えっと……見えます?」

「わかるの?」

今度はハルトが潤と同じ言葉を口にした。

「あ、やっぱり、あの人、幽霊ですよね」

「君も見えるんだ。そう、彼女は幽霊だよ。タレント志望だったみたいだね。テレビ局の雰囲気が好きだからいるみたいで、特に悪さするわけでもないから。へえ、驚いたな。君みたいにちゃんと姿形が見える人って、あんがい少ないんだよ」

「でも、ほんとに見えるだけで……声も聞こえないし、ハルトさんみたいに何がしたいとかわかるわけでもないんです」

「いやいや。そんな君が危ない霊だって感じたんだから、気をひきしめないとね」

この人は本物だと、安心した潤だったが、すぐに別の心配が頭をもたげた。

「憑かれているのは俺の家族同然の人で……あの、依頼料はそんなに出せないんですけど……」

謝礼のたぐいは受け取らないという話だったが、やはり不安だ。ここでも２００万と言われたらどうしようかと思う。

「必要な諸経費は番組で持ちますよ。三田村さんやその方が何かを支払うということはありません。そのかわり、お祓いまでの過程をテレビで放映させていただきます。顔出しがイヤならモザイクや音声を変えることは可能です。よろしいですか？」

「は、はい。もちろんです」

何度も力強くぶんぶんうなずく。

「依頼人の面会、花坂さんがやるんですね」

「ハルトって呼んで下さっていいですよ。番組のスタッフじゃ依頼人が本物かどうかわかりませんからね。見える人じゃないと勤まりません。君は本物。憑かれてはいないけど怨霊の痕跡はある。誰か近しい人が憑かれている証拠です」

信じてくれる。しかも鈴音のところに連れて行ったわけでもないのに、そこまでわかる。

ものすごく嬉しかった。そして本物の霊能者に会えたことにも心底ほっとした。

「あ、あの、失礼ですが、こういう場合、花坂さ……、ハルトさんにはいくらぐらいギャラが入るんですか？」

「え？」

「す、すみません。実はここに来る前に霊能者さんのところに行ったんです。そうしたらすごい金額ふっかけられて……。ぼったくりかって思ったんです。でも相場なんて俺、じゃなくて僕にはぜんぜんわからないから」

「あはは、確かに相場なんて素人の方にはわかりませんよね」

ハルトは白い歯を見せて笑う。

「失礼なんかじゃありませんよ。僕はこの番組の出演料はいただいてますが、除霊自体の謝礼はいただいてません。このような神仏から授かった力は困った人を助けるためにあるんだと思っています。お金なんていただけませんよ」

「すごい。ハルトさんはとても立派な霊能者なんですね！　ザ・正義の味方って感じ」

「いやそんな。誤解しないでくださいね。決して自分が特別な人間とか、そういう意味じゃないんですよ」

と、どこまでも爽やかに微笑むハルト。

——すごい。かっこいいこの人。いままでぜんぜん興味なかったけど、男の俺でも、ファンになりそう。っていうかなる。今日からなる。

潤は何度もよろしくお願いしますと頭を下げた。

7

鈴音が退院できたのは一週間後。体調は相変わらず悪そうだが精密検査の結果異常なしと出てしまったのでしかたない。なにより鈴音の体調の悪さは病院では治せないものだろう。

「スケジュールがうまく合ってよかったね。退院してすぐなんて幸先いいじゃん」

鈴音を励ましながら、退院の翌日、テレビ局のスタジオに出向いた。

控え室に通されて待つこと六十分。

ある程度待たされるのは覚悟していたものの、鈴音の健康状態を考えると、できるだけ早くしたいところだ。じりじり待って、ようやく呼び出されてスタジオに入った。

番組で使うスタジオではなく簡素な内装の部屋に通される。

いきなり観客のいるスタジオに呼び出すはずもない。番組でも除霊の終わった依頼人が登場して、その経緯をＶＴＲで流す形になっている。そのＶＴＲのときに映るセットだ。

「どうもお待たせしました」

白い紋付にシルバーグレイの袴といういつもの衣装を着て、部屋に登場したハルトの表情が、鈴音を見るなり険しくなる。その顔をカメラがずっと追っていた。

「はじめまして、花坂ハルトです」

表情が硬い。

「あ、はい。ええと夏目鈴音と申します」

ハルトの緊張をはらんだ姿に、鈴音も気おされるようにかすれた声で挨拶をした。

しばらくハルトは思い悩む顔をしていたが、

「……違うな」

とつぶやくと、背を向けて潤たちから離れていった。

「え、あの……」

「もうワンテイクお願いします」

とまどっている潤と鈴音のところに、スタジオにいた若い男性が小走りで近づいてきた。

「次もハルトさんが入ってくるので、初めて会ったように挨拶してください。うまくできなくても大丈夫ですよ。編集で最初に撮ったときの挨拶に差し替えますから」

とまどっている間に段取りがどんどん勝手に進んでいく。

「テイク2、いきます。スタート」

ハルトがにこやかに近づいてきたかと思うと、鈴音を見るなりのけぞるようにして足を止めて叫んだ。

「……な、なんてことだ！」

しばらくのけぞった姿勢のまま止まっていたが、

「いまのわざとらしすぎるかな？」

とスタッフに向けて問いかける。

「もうワンテイクいきまーす。テイク3……」

「ちょっと待ってよ！」

　またもや遠ざかろうとするハルトに向かって潤は思わず立ち上がっていた。

「スズ姉は本当に苦しんでるのに、いつまでこんな茶番続けるつもりだよ？　除霊できるなら、少しでも早くスズ姉を楽にしてくれよ！」

「潤君……」

　スタジオ内が静まりかえった。まずい。生意気なことを言って場をしらけさせてしまった。もしこれで撮影中止になったら、除霊がなしなんてことになったら、鈴音になんて謝ればいいだろう。

「はい、カット！」

　潤が我に返って蒼白になっていると、そんな声が聞こえてきた。

「いい画《え》が撮れたんじゃないかな」

「依頼人を心配する友人の姿。心が洗われるねえ」

　さきほどまでの沈黙が嘘のように、騒がしくなった。誰一人として潤の言ったことなど気にしていない。

「スズ姉ごめん。テレビってこういうもんだよね。でもヤラセとかだったら俺、キレるかも」

それでもハルトは本物だった。

最初に会ったとき、霊能者でなければわからないことをハルトは見抜いた。でも、だからこそここの扱いはひどい。鈴音は本当に取り憑かれていて、体調が悪くてつらいのを無理してここに来ているのだ。

さらに抗議しようとして前に出た潤に、ハルトが近づいてきた。

「ちょっと失礼」

ハルトは潤の横をすり抜けて鈴音の前に立つと、まじまじと顔を覗き込む。

「調子悪そうだね。メイクでわからなかったけど、思ったよりも症状は重そうだ」

ハルトは手を叩いてスタッフの注目を集めると、

「予定を変更します。先に除霊やっちゃいます」

と宣言する。

「除霊前のインタビューがまだなんですが」

「依頼人の体調が戻ったらでいいでしょ。必要ならメイクで顔色悪くして、除霊前を演出して撮りましょう。それでかまいませんか？　多少のテレビ的演出は申し訳ない、そこはご理解ください」

ハルトは笑ってペコリと二人に頭を下げた。

「わ、わかりました」

面食らったまま潤たちはうなずいた。


飾り気のないスタジオで椅子に座って向かい合う鈴音とハルト。イケメンにじっと見つめられて鈴音はたじろいでいた。

「霊に取り憑かれたのはいつごろでしょうか?」

「わかりません。少し体が重たいなとは思ってたんですけど……」

いくつかの質問のあと、ハルトはじっと鈴音の背後を見つめた。しばらく無言が続く。

「獣憑きですね」

息苦しい沈黙をやぶりハルトがつぶやく。

「獣憑き、ですか?」

「狐や犬のような、動物に取り憑かれたケースです」

深刻な口調に鈴音だけではなく潤まで息をのんでしまう。

「四つ足の獣が見えます。おそらく犬でしょう」

「でも犬に恨まれるようなことなんてした覚えは……」

「逆恨みという言葉があります。恨まれているからといって、あなたが何かをしたとは限らない。それは人でも獣でも一緒なんですよ」

真顔で語るハルトに、鈴音は不安そうだ。潤も怖くはあったが、ただの黒いもやにしか見えないものがハルトにはちゃんと形に見えるということは、さすが本職といったところで、そこは安堵する。

「安心してください。人間の怨念に比べれば動物の恨みは単純です。簡単に祓えますよ」

深刻な表情を緩めてハルトは微笑む。つられるように鈴音も弱々しく微笑んだ。

「では除霊を開始します」

すっくと立ち上がり宣言する。少しオーバーアクションだったが、それなりにさまになっていた。

ハルトはなにやら手で印を組むと、呪文のようなものを唱え始めた。どんな言葉なのかよくわからない。お経とも違うようだし、神社で聞こえてくるような祝詞《のりと》とも違った。

呪文の声だけがしばらく続く。スタジオに異様な雰囲気が満ちてきて、潤は思わず生唾を飲み込む。

呪文に黒いもやは何も反応しない。しかし変化は周囲から訪れた。

スタジオのライトが何度も明滅した。机がガタガタとゆれ始める。心霊現象だろうか。潤には鈴音にまとわりついている黒いもやのようなものしか見えていなかったが、他にも何かいるのだろうか。

ハルトは呪文のようなものを止めると、両手でバッテンを作る。

「ストップストップ、照明の点滅は二回続けてやったから今回はなしって話だったと思うんだけど」

「すみませーん、そうでした」

ディレクターの気の抜けた声が響く。

——これで除霊できなかったら、みんなにインチキだってばらしてやる。

守秘義務の書類にサインをしたことなんて関係ない。

でも花坂ハルトの霊能力は本物のはず。潤自身に取り憑いているのではなく、知人に取り憑いていると見抜いていたんだから。……と、なんだか潤は自分に言い聞かせているような気がしてくる。

それからはテレビで見たことのある段取りで除霊は進んでいった。いつもどおりならこの先に除霊成功が待っているはずだ。

ハルトは鈴音に向かってお経だか呪文だかよくわからない言葉を唱え続けている。

「はああっ！」

気合いを入れて拳《こぶし》を突き出し、なにやら決めポーズ。

普通ならちょっと演出過剰なんじゃないか、もっとそれっぽくしたらいいのにと思うところかもしれないが、潤には黒いもやの変化がわかった。

それまで鈴音を取り巻くように緩やかに動いていたもやが突然激しく動き回ると、急に大きくなったように見えた。

——急に大きく……、って、え？　あれ？　ちょっと待って……！

それは大きくなったのではなく、潤に向かって飛んできたのだった。

「うわああっ！」

思わず手で体をかばう。質量のない得体のしれない何かが自分の体をすり抜けた気がした。

「ちょっと！　友達の高校生に風当てる指示なんて出してないよ。カメラまわってないんだから」

スタッフの叱責がとんだ。潤の髪は強風に吹かれたかのようにぐちゃぐちゃに乱れている。

しかし風を出す舞台装置はどこにもない。

「あっ……」

ハルトが何か致命的な失敗をやらかしたという顔で潤を見ている。

「すごい。なんか体が軽くなりました。気分も爽快です！」

しばらくぶりに鈴音の明るい顔を見た。背中の黒いもやが消えている。よかった。

鈴音の除霊は成功したらしい。

ただなぜか今度は潤がものすごい息苦しさに襲われ、気づいたときにはしゃがみこんでいた。

8

左肩から首筋のうしろにかけて、何かチリチリとひりつくような気配を感じる。

潤の体は重く、肩に誰かがのしかかって、おなかの底には鉛が入っているようだった。

さっきまで鈴音に取り憑いていた霊が、自分のうしろにいるのをはっきり感じる。

首筋のあたりには黒いもやが見える。そしてとにかく怖い。

「ホントにごめん。まさかこんなことになるなんて」

ハルトは両手を合わせて頭を下げる。

「もう謝らなくていいです。それより早く霊を祓ってもらえませんか」

ハルトが顔をそむけた。嫌な予感がする。

「ごめん、無理なんだ」

「無理って、どういう意味？」

「ええと、除霊ってのはいろんな要素がからむこともあるんだ。今回の場合、たまたまというかなんというか、僕の苦手な方向で……」

「もっとわかりやすく」

「僕の力量じゃ無理ってこと」

力不足でごめんなさいと思いきり頭を下げる。ほとんど頭突きする勢いだったので、慌てて一歩下がって難を逃れた。

「待って。いい霊能者を紹介するから。もちろん番組にもする。テレビに出られるよ。今回はなんと二部構成。第一部で祓った怨霊が、あろうことか友人に取り憑いてしまった。さあどうなる、以下来週！」

「別にテレビに出たいわけじゃない、こともないけど今はいいです。それよりうしろからすっごくヤバい感じがする。来週なんて言わないで、今すぐ早く祓ってくれよ！」

「もちろん番組の編集で次週になるだけで、除霊はすぐにやるよ。いい霊能者を知っているんだ。こういうことにかけては業界で一、二を争う腕の持ち主。僕の知り合い、いやあえて親友と言わせてもらおう。あいつに任せればすべてうまくいくよ」

そう言って白い歯を見せて爽やかに笑ってみせる。しかし最初のころと違って、もうその笑顔にはうさんくささしか感じない。

鈴音はそのまま別室で収録したあと、ハルトのマネージャーがタクシーで送ってくれるとのことだった。

「夏目さんはもう大丈夫。でも三田村君は一刻を争う。いまからすぐに行こう」

ハルトはマネージャーの車を借りて、テレビ局を出る。

首都高にのって湾岸線を走ること二十分。つばさ橋の先にベイブリッジが見えてきた。

「もうすぐつくから」

車は高速を下りてみなとみらいの街に入る。

連れてこられた優秀な霊能者がいるというビルの前で、潤はがっくりとうなだれた。

「まさか、ここ?」

「そう。普通のオフィスビルの一室に見えるけど、ここにお祓いのエキスパートがいるんだよ」

自分のことのように胸を張って言う。

「だよね。けっこう高そうな革張りの来客用のソファがあって、奥にはL字型のシステムデスク。そこに座っているのは、いかにもインテリっぽい、スーツを着てメガネをかけた男……」

「鋭いね。まるで見てきたみたいじゃないか。じつはそうなんだよ」

——うん、見てきた。ついこのあいだ。それで200万円請求された。正確には216万86円。

「ここって、高いよ……」

加えて本物の霊能者かどうかも疑っている。本物のハルトが言っているのだから、そこはたぶん大丈夫なのだろうが。

「心配しないで。もちろん依頼料は番組で持つよ」

200万もの大金、ポンと制作費から出るのだろうか。

お祓いコンサルタント事務所のあるビルを前に、潤は不安でいっぱいだった。

「事情はだいたいわかった」

ハルトの事情説明を手帳片手に聞いていた高橋健一は、話が一通り終わると手帳をパタンと閉じた。

「つまりまたおまえの尻ぬぐいをすればいいんだな」

「また？　尻ぬぐい？」

まさかハルトは毎回失敗していて、いつもこの人に後処理をやらせているのか。問い詰める眼差しに、首の骨が鳴る勢いでハルトは顔をそらした。

「人聞きの悪いこと言わないでくれ。僕のファンの子にいらぬ誤解をあたえるじゃないか」

いつのまにか潤がファンということにされている。

「今年になって七回目だ」

いまは五月。月一以上のペースは頻繁と言っていい。

「まさかこんな形で戻ってくるとはな」

高橋はじっと潤のほうを見た。眼光が鋭く、見られるだけで萎縮してしまいそうになるのを、なんとか精一杯の虚勢で胸を張る。

「俺もこんな形で戻ってくるとは思わなかった、です」

「これも奇縁か」

鋭い眼光は潤からその背後へと移る。

「獣憑きか」

ハルトと同じことを言った。

「やっぱり。僕の見立てと同じだ」

ハルトが自慢そうにしている。

「獣憑きはやっかいだ」

しかし高橋はハルトとは真逆のことを言った。

「でもハルトさんは獣憑きは簡単だって」

「簡単なものか。思考形態がまったく違うぶん、人間の霊より手こずることがある。話せばわかる相手ではないんだ」

「へー、知らなかったなあ。獣憑きなんて簡単だと思ってたよ」

隣でハルトがなぜか感心している。

「おまえがいままで相手にしてきたのはせいぜいペットの霊だろう。そんなのはただ飼い主に遊んでほしいだけの霊だ。本物の獣憑きはかなりやっかいだ」

淡々とした口調だが、高橋の緊張感をはらむ雰囲気に思わず固唾を呑んでしまった。

「それでなんの動物なんですか？」

高橋はあごに手を当てて思案している。

「四足歩行まではわかるが……」

高橋がじっと潤の背後を見て言いよどむ。

「僕の見立てでは犬か猫か狐か狸だと思うんだ。鹿や熊の可能性も捨てきれないね。いやもちろんハ虫類や両生類ってのも念頭に置いているよ」

ハルトが胸を張って、ハズレはないんじゃないかという完璧な布陣を敷く。

「獣憑きなのはわかるが、肝心のなんの動物かがわからない。そうとう古くて姿がぼやけているというのもあるが……」

高橋はあごに手を当てたまま難しい顔で悩んでいる。最初に会ったときから難しい顔をしていることが多かったので、深刻な事態なのかどうか判断が難しい。

「獣の正体がわからないとダメなんですか？」

「君は子猫に牛乳を与えるのかね？　乳糖を分解できず下痢になることもあるのだぞ」

たとえはわかりにくいが、ようは動物によって正しい育て方があるように、動物によって正しいお祓い方法があるのだろう。

「でも猫に牛乳をあげるのって必ずしも間違いじゃないらしいですよ。人でも牛乳がダメな人がいるように、牛乳ダメな猫がいるだけで、下痢を起こさなければあげても大丈夫だって……」

すごい睨《にら》まれてしまう。睨まれたのは潤なのに隣でハルトがのけぞっていた。

「除霊費用だが……」

慣れた手つきで電卓を叩く。

「２１６万とんで86円だ」

前回とまったく同じ金額を提示した。ハルトは電卓と高橋の顔を何度か見比べて、

「今回高くないか？」

と少し焦った顔で言った。同じ業種のハルトが言うのだから、相場より高いのだろう。

「獣憑きの正体が見えない。ただ根の深さは感じる。私の経験上、危険性が少ないなどということはない」

潤の背後をじっと見て言う。

「どうして正体がわからないんですか？　そういうものなの？」

「そうそう。どういうことなのか僕にも説明してくれないかな」

素人の潤の質問に便乗するプロの花坂ハルト先生。

高橋は嘆息すると、壁一面を占めている本棚から一冊の本を抜き出し、そこに描か

れている一枚の絵を見せた。

「この絵は何に見える？」

白いページにインクをこぼしたような大小様々な黒点が散らばっていた。

「ええと、なんだろう」

ただの黒い点に見えるというハルトの答えは潤も高橋もスルーした。

「答えは犬だ」

「あ、ああ。そういえばそう見える。ここが顔でここが手でここが足」

「犬に手はない。それは前足だ」

「わかってますよ。言葉のアヤじゃないですか。これはダルメシアンですね」

最初はでたらめに黒い点が書いてあるだけの絵にしか見えなかったが、いまははっきりと犬の姿がわかるようになる。

「グレゴリーのダルメシアンという、心理学の教材で使われる絵だ。一度認識してしまえばわかるが、そうでないうちは何がなんだかわからない。君に取り憑いている獣も同じだ」

「黒い点は見えるけど、なんの絵かはわからないってことですか？」

「そうだ。それだけじゃない。たとえばこの絵も、そもそも犬という生き物を知らなければ、説明されてもわからないだろう。いろいろな獣の霊を見てきたが、君に取り憑いている獣の霊は私にとって未知のものだ」

未知という言葉に背筋がぞっとする。

「そ、そんな、脅かさないでよ」

「脅しではない。見たところかなり根深いぞ。祓わなければいずれ衰弱死だ」

「……衰弱死？」

鈴音が会うたびに顔色が悪くなっていたことを思い出す。

「大丈夫、彼に任せておけば必ず除霊できるって」

明るく言うハルトに、高橋が明細書を突きつけた。

「先に行っておくが、獣の正体次第では追加料金が発生する可能性もあるぞ」

ハルトは明細書を握りしめてむむむと唸っていた。

「僕も男だ。いくらかかってもかまわない。この子の除霊を請け負ってくれ」

高橋は軽くうなずくと、立ち上がって奥の部屋に入る。

「契約書を作ってくる。少し待ってくれ」

契約書。霊能者が言うとなんだか怖いもののように思えた。約束を違《たが》えれば呪われるぞ、というような。いや、もう呪われているようなものなのだが。

「本当に大丈夫なんですか？」

「僕が知る限り、健一が失敗したって話は聞いたことがないよ」

ハルトは胸を叩いて自分のことのように言う。

「業界じゃ金にがめつい、守銭奴だって陰口をたたく人もいるけど、あいつはそれだけの実力を持っている。確かにちょっとがめついけど法外ってほどじゃない」

うん、だから大丈夫と今度は自分に言い聞かせていた。

「お金のほうは？」

「ははは。僕の責任だからね。番組で払うのは当然だよ。次にセットがしょぼくなっても気にしないでくれよ」

冗談になっていない気がする。

ほどなく高橋が奥の部屋から戻ってきた。手には二通の契約書を持っている。

「これで問題ないはずだ」

手渡された書類をおそるおそる見た。

『依頼人大門春吉《だいもんはるきち》は（以下「甲」という）請負人高橋健一（以下「乙」という）に対し、三田村潤（以下「被害者」という）の除霊に成功した場合、金二一六〇〇八六円を支払う義務が生じる。

除霊成功の条件は以下の通りである』

普通に仕事の契約書だった。その中で霊能者とか除霊とかそんな文字が躍っているのがシュールだ。

「あ、ここに誤りがあるんですけど。依頼人が大門春吉になっています。この場合僕か、花坂ハルトさんになるんじゃないのかな」

前回の依頼人の書類を使い回して直し忘れたのだろうか。

「何も間違っていない。依頼人は大門春吉だ」

高橋の返事はそっけないが落ち着いている。

「でも大門春吉って……」

「わーわーわーっ！」

隣で急にハルトが騒ぎ出した。

「な、名前なんて細かいことはいいから、ちゃっちゃってサインしちゃおうか」

ハルトはすごく慌てて、書類に住所や名前を書き出す。

「そこは芸名じゃなく本名を書け」

名前欄に書かれた花坂ハルトの文字を指で叩き、書き直せと告げる高橋。

ようやくどういうことなのか察した。

「ハルトさんの本名って大門春吉、さんなんですか？」

「わーわーわー、誰それ。そんな名前聞いたことないな。でもいいよー、そこまで言うならー、契約書にはそっちの名前で書きますー。そんな名前知らないけどー、言われたからそう書きますー。そんな名前知らないけどー」

契約書に押された判子はしっかり大門春吉だった。

9

大門春吉、もとい花坂ハルトはとぼとぼと帰って行った。なんだかうしろ姿があまりにも寂しくて、ありがとうございますと頭を下げずにはいられなかった。

潤はまだ帰れない。これから除霊するために、あれこれしなければならないことがあるらしい。

高橋と二人きりになると、何か気まずかった。沈黙が重たくて居心地が悪い。

「ええと、よ、よろしくお願いします」

本当に信用できるのか。やはり200万は暴利じゃないかという印象はぬぐいきれない。

「できれば最初の被害者、夏目鈴音さんの話も聞きたかったんだが」

「スズ姉は収録後、倒れてしまったみたいで。除霊ができたあとすぐに……」

元気だったのは一瞬で、すぐに熱を出して倒れてしまったらしい。最初はまだ取り憑かれているのかと焦ったが、ハルトの話だとまれにある症状だということだった。自宅まで送り届けてもらったから心配しないでと、鈴音からも簡単なラインがきた。

「そういえば十日以上呪われた状態だったか。それなら体がある程度適応してしまったんだろう。呪いに負けないようホルモンバランスも調整されていたはずだ。なのに突然呪いが消えてホルモンバランスが崩れた。環境への適応力が高い人間が取り憑かれた場合に起こる症状だ。命に別状はない」

それを聞いて少し潤は安心する。呪いに負けないよう霊と押し合いへし合いしていた鈴音が、突然相手が消えてスッテーンっと転んだ図を想像してしまった。そう思うとちょっと可愛い。

「ふむ、しかしそれは困ったな。夏目さんをまた呼び出すとしても明日以降か……」

「あ、そうだ。ハルトさんから映像のDVDを預かってたんだ。スズ姉へのインタビューです」

高橋は受け取ったDVDをプレイヤーに入れる。すぐにハルトと鈴音の顔が映った。

『霊に取り憑かれたのはいつごろでしょうか？』

『わかりません。二週間くらい前から少し体が重たいなとは思ってたんですけど、はっきりとは……。すみません』

『謝らなくていいですよ。気づかない方はけっこういらっしゃるんです。病気だって知らないうちにかかっている。それと一緒ですよ』

鈴音は少しリラックスしたのか、体から力が抜けていく。

『一つ確認し忘れてました。秋にご結婚の予定だとか。おめでとうございます。それでですね、この番組で顔を出しても大丈夫ですか？　結婚相手の方は承諾してくれますか？』

鈴音の表情が硬い。山内さんはこんな番組に出ると怒るかもしれない。いざとなったら自分が制作会社の人に頼まれて、バイトで出演したと言おうと思った。

『はい、大丈夫です』

『わかりました。……体が重く感じる以外で他に体に異常はありませんか？　変な夢を見るとか、そういうことでもいいです』

鈴音は少し考えて、

『すごくだるい感じ以外は何も。取り憑かれているとわかったのも友達が教えてくれたからなんです。あ、でも眠りが浅くて、寝ていると夜何度も苦しくて目が覚めることがあります』

『ちょっと失礼』

ハルトは目をつむって鈴音のおでこのあたりに手をかざす。それからしばらくしてから目をあけると鈴音を見つめて、

『獣憑きですね』

と告げる。いくつかのやりとりで不安そうにする鈴音にハルトは明るく言った。

『安心してください。人間の怨念に比べれば動物の恨みは単純です。すぐに祓えますよ』

すぐ横で高橋が盛大に舌打ちする。この人はハルトへの当たりが厳しい気がする。本当は嫌いなのかとつい邪推してしまう。

インタビューはそこまで。あとは除霊のシーンでビデオは終わりだ。

高橋は無言。たいして役に立たなかったのだろうか。

「これは役に立ちます？」

何かの役に立つかもと、鈴音が取り憑かれる前に行った場所を事前に聞き出しておいたメモを高橋に渡した。とはいっても参考になるかどうか。

鈴音は婚約者の山内と三泊四日で京都と奈良に旅行に行っている。鈴音の両親のお

墓参りもかねてだ。割とアウトドア志向なところがある鈴音は、新緑が綺麗な時期の京都トレイルを楽しみにしていた。

「お寺や神社で何かに取り憑かれたっていうのはないですか？　京都や奈良は歴史も古くて、いかにも呪われそうじゃないですか」

「きちんと祀《まつ》られている神社仏閣に悪霊はいない。都が古いといってもそれは人の歴史だ。取り憑かれるなら人の霊だろう。だいたい今となっては東京のほうがはるかに人も多いし、死人も多いぞ」

ぐうの音も出ない反論をされてしまった。しょせん素人の浅知恵。専門家にかなうはずもない。

「うむ、しかしこれはこれで有益な情報だ。役に立ちそうだ」

「あの、これで調査が少しは楽になって安くならない……なりませんか？」

高橋が潤のメモをコピーしている間、ためらいがちに聞いてみた。

「なぜ君が値段の交渉をするのかね？」

「このギャラが原因でテレビ局がやっぱり僕たちを使わないとか、花坂さんと制作サイドがもめたりしたらと思って……」

最近はテレビ番組一つ作るのも予算がかつかつで、景気が悪いと聞いたことがある。

「金を払うのは花坂であってテレビ局ではないぞ」

「え？」

「失敗したときの尻ぬぐいを私にやらせているなど誰にも知られたくない。だから契約書もあいつの個人名になっている」

「えええ？　そうなんですか？」

「あいつは売れっ子だ。金の心配はいらない。あいつの話より、今は君のことだ。君と夏目鈴音さんの間に、何か共通点はあるかね？」

「共通点？」

「生まれや育った環境、食事の嗜好などだ」

「ああそういうのか。スズ姉は八月生まれで俺は二月、俺はラーメンが好きだけどスズはパスタが好きだったな。好きな色はスズ姉が白で俺は正義の赤！　ほかには……」

それから潤は映画や音楽、好きなケーキ、スポーツ、じゃんけんの傾向等々、つぎつぎと共通点を探そうとする。

「びっくり。スズ姉と俺の共通点ってなさすぎ？」

「それだけ嗜好についての情報量が瞬時に出るほうが驚きだ」

高橋がやや疲れた表情をしている。

「聞いているのは共通点であり、相違点ではないのだが。両親を悲しませるようなことはしないでくれたまえ。君の話を聞いていると、少し不安になる」

「人を犯罪者予備軍みたいに言わないでください。それに俺の親、両方ともいないから悲しまないっすよ。ってそんな問題じゃないか」

「むっ、それは無神経なことを言ってしまったな。すまなかった」

高橋は折り目正しく頭を下げてきた。

「ぜんぜん気にしてないから、頭下げないでくださいよ。……あっ」

「どうかしたかね？」

「大事なこと忘れてた。俺とスズ姉の共通点。俺たち二人とも両親がいないんだ」

高橋はわずかに目を細めた。

「ほう。それはたしかに大きな共通点だ」

「俺には育ての叔父叔母がいて、スズは本当に誰もいなくて天涯孤独って違いはあるけど。これって役に立ちます？」

「まだなんとも言えない。さて君からの情報収集はこんなところか。ところでスマホのキャリアはどこだね？」

「ドコモですけど。なんでいきなり？」

「最小限の障害保険なら月数百円ですぐに入れる。まずはそれに入ってくれ。除霊は少なからず危険がともなう。怪我はもちろん、死亡するケースだってある」

潤が疑心暗鬼の目で見ているのがわかったのか、高橋は噛んで含めるように諭す。

「受取人を私にするわけがないだろう。それこそ犯罪を疑われる。ご家族にしたまえ。夏目さんに怪我が重なったのは偶然じゃないと、君も思っているんだろう？　しかし原因はどうあれ、怪我をした場合、治療するのは病院だ」

それもそうかと納得し、言われたとおりおとなしく保険に入る手続きをする。

「ドコモの場合の手続き方法はこれだ」

差し出された書類を見て思わず噴き出してしまった。電話会社別に作られた保険の入り方のマニュアルはとても親切でわかりやすいだけでなく、デフォルメされたメガネをかけた可愛いキャラクターが吹き出しで『ここは間違いやすいから注意』なんて言っている。

このインテリメガネの高橋が作ったのだろうか。パソコンに向かってこんな書類を作っている姿が想像できない。

一通り手続きが終わってから、潤は意を決して提案する。じつはハルトが契約書にサインしてからずっと考えていたことだった。

「仕事の様子、見学させてもらっていいですか？」

どうして200万もかかるのか、自分の目で確かめたい。さすがに面と向かってそこまで言えなかったが、メガネの奥に見える知的な眼差しは潤の思惑などお見通しに違いない。

「好きにしろ」

高橋は意外にあっさり承諾した。

「まずは獣の正体に見当をつける」

ハルトがよくテレビでやっているのは、なんだかよくわからない魔方陣の中央に依頼人を立たせたり、呪文を唱えてはーっと気合いをぶつけたり、水晶玉に念をこめて正体を映し出したり。

高橋はそんなことはしそうにないが、今日、ハルトが鈴音にしたように潤に手をかざしたりくらいはするかと思っていた。潤自身とそのうしろに憑いている霊に対して直にアプローチするような。

しかし高橋が最初にやったのはそのどれでもない。潤には目もくれず、さっき渡した鈴音の行動メモを片手にパソコンのインターネットで何かを調べだした。

数十分後、何をしているのか問いかけようか、それとも黙っていたほうがいいのだろうかと迷う気持ちが、問いかけるほうにかたむいたとき、

「いまから出かける。君も来るか？」

と高橋が立ち上がった。

10

すでに夕方になっていた。朝から除霊のためテレビ局に行っていたが、そのときはこんなことになるとは思ってもいなかった。

「君に取り憑いている獣憑きの正体にはいくつか手がかりがある」

真顔でメガネをくいっと持ち上げて語る高橋がつかまっているのは普通の電車の吊り革だ。

「はあ」

話の内容にそぐわない間の抜けた絵面に、潤の返事も気の抜けたものになってしまう。

「まず第一に悪霊のたぐいかもしれないが、わずかに気高さが残っている。清らかさと言ってもいい」

「清らかな獣？」

「あるいは神聖な獣だ」

神聖な獣で真っ先に思いつくのは狐、お稲荷さんだろう。それなら向かってるのは稲荷神社なのだろうか。

いま乗っている電車は横浜で乗り換えた東海道線で、向かうのは東京方面だ。稲荷神社はたくさんある。

電車を降りたのは東京駅の一つ先の上野駅だった。

「上野に有名な稲荷神社があるんですか」

返ってきたのはいったい何を言っているのだと雄弁に物語る冷たい眼差し。メガネが太陽光を反射してきらっと光っているのが、さらに冷たさに拍車をかけている。

「もしかしてお稲荷様じゃない？」

「来ればわかる。駅を出てすぐだ」

高橋の足は速い。すたすたと迷いなく歩いていく。

数分後、たどり着いた場所を前に、

「ここ？」

と潤は我が目を疑った。

「え、あの、なんですかここ？」

「君は字が読めないのかね」

「国立科学博物館くらい読めるよ！」

　ゲートの上には国立科学博物館と大きく書いてある。

「僕が知りたいのはどうしてここに来たのかって」

「獣憑きの正体を解明するためだ」

　入り口で入館券を買い博物館に入った。

「入館料は経費に計上する。交通費も正しく把握している。どんぶり勘定で請求するようなことはないので安心してほしい。もちろん君の分も含めてだ」

「そちらの方は学生ですか。高校生以下は入館無料です。学生証の提示だけで大丈夫ですよ」

　受付の女性のにこやかな説明に高橋は一瞬だけ言葉に詰まったが、

「では入ろうか」

　と何事もなかったように入館した。潤も言われたとおり学生証を提示して無料で中に入る。

　高橋は小さな入館券を丁寧に財布にしまった。２００万という大金も、数百円の領収書や切符代も淡々と同じ口調で語る。

国立科学博物館の中を高橋はなんの迷いもなく歩いて行く。ネットで調べたときに目的の場所の見当をつけていたのだろうが、それにしても迷いを見せない人物だった。

「事務所でも言ったが、獣憑きの正体がわからないのは、認識できない生き物だからだ。言い方を変えると既知の生物ではない」

既知の生物ではない、とはいったいどういうことなのだろう。

エスカレーターを上がり博物館内を進むにつれて不安が大きくなってきた。最初はこの先どうなるのかという、己の先行きの不安だと思っていた。

しかし進むにつれて心拍数が上がっていく。まるで100メートル走を続けざまに何本も走ったかのようだ。

――これって、なんだろう？

不安な気持ちだけとは思えなかった。

「ここにあるはずだ」

高橋がそう言って入ったホールには、大小さまざまな動物の剥製《はくせい》がところせましと並んでいた。犬くらいのサイズから、馬やクマより一回りも二回りも大きいラクダまで、目に入るだけで何十体という哺乳類の剥製があった。

普段ならしばしその光景に見入っていたかもしれない。しかし潤の足はふらふらと、無意識のうちに展示室の奥に進んでいた。

その様子を高橋は注意深く見つつ、うしろからついていく。

やがて潤の足が一体の剝製の前で自然に止まる。小型の哺乳類で、展示されている中では地味な部類で特徴らしい特徴もなかった。なのに心臓が激しく脈打つ。

「これは……」

「君に取り憑いているかもしれない獣だ」

高橋は探るような眼差しで、潤に告げる。

潤の背後でぞわっと怨霊の気配が動いた。重い感情が潤の中に流れ込んでくる。なんと表現すればいいのか。一言では言い表せない。

「ふむ」

高橋は興味深そうに潤の表情と背後を見て、納得がいったようにうなずいた。

「はっきり認識できるようになった。これで確信が得られた。この剝製の獣こそが君に取り憑いたものの正体だ」

ダルメシアンという犬を知らなければグレゴリーのダルメシアンの絵を見ても、そこにダルメシアンがいることには気づかない。

それと同じなのだろうか。

高橋にははっきり見えたのだろうか。でも潤には見えない。ただ取り憑いている霊の感情のようなものが潤の中に入ってきて、それがすごくつらくて重い感情で不安が膨む。

「とはいえ、これは第一段階。祓うために、正体をはっきり認識することは必須だが、正体がわかっているから祓えるとは限らない。次は祓う手段を探さなくてはいけない。君の体が回復できないほど弱ってしまう前にね」

高橋が淡々と語る言葉は、穏やかではない。しかしいまの潤はその言葉が耳に入っていなかった。

耳鳴りがする。それはどんどんひどくなり高橋の言葉が聞こえにくくなる。違う。これは耳鳴りではない。

——風の音だ。

博物館内は静かなはずだ。人の話し声を妨ぐほど、空調の音が響くはずがない。

「どうした？　何を泣いている？」

かすかに聞こえてきた高橋の声は驚いているようだ。

「え、あれ？」

慌てて手で目をこすると、頬に涙が流れている。どうして泣いたのだろう。ふとうしろに感じる霊の気配が気になった。いままでのように恐怖を感じるだけではなかった。耳元でびゅうびゅう鳴る風の音はますます大きくなっていく。

昔、嵐の夜に聞いた風の音だ。覚えがある。あの日、両親は待っても待っても帰ってこなかった。あの夜に聞いた唸るような風の音はいまも耳の奥にこびりついて離れない。

ガタガタと窓ガラスを揺らす風。カーテンの向こうで大きく揺れる木の枝。これは五歳のあの夜、両親を連れて行ってしまった嵐の風の音だ。

そしてこの風の音の記憶が連れてくるものは、もう二度と父にも母にも会えないという絶望感。そして孤独。

風の音とともに流れ込んでくる感情に胸が苦しくなる。思わずシャツの胸元を握りしめた。

「風……風の音が……」

「三田村君、しっかりしたまえ。ここには風など吹いていないぞ」

高橋は何か必死に呼びかけているが、潤の耳にはほとんど聞こえていなかった。かわりに聞こえるのは風の音、そして獣の鳴き声だ。

鳴き声は背後から聞こえてきた。なんの鳴き声が振り返るまでもない。うしろにいるのは、あの黒いもやだ。

いまは不思議と恐怖を感じなかった。不吉な気配はいままでとは比べ物にならないほど強まっているというのに。

「ここに長く留まるのはよくない。三田村君、もう行こう」

高橋が腕を引っ張る。

しかし潤はその場に立ち尽くしたままだ。うしろの霊がこの場を離れたくないと思っているのが伝わってきたからだ。

――嫌だ。ここから離れたくない。遠くへ行きたくない。離れるな。離れたくない。寂しいんだ。寂しい。

さっきの風の感覚とは違い、明確な意思のようなものが潤の心の中に流れ込んでくる。独りは嫌だと、言っているのだと、はっきりわかった。

――嵐の夜は嫌いだ。独りは嫌だ。

それは潤の記憶なのか、霊の記憶なのか。よく似ていて潤にもわからない。ただ、その気持ちにはとてもとても共感できた。

嵐の夜、一人ぼっちだと感じたときのあの恐怖。今でも鮮明に思い出せる。

潤の手が肩越しにうしろに伸びる。なぜそんなことをしたのだろう。なぜ霊に触れようとしたのだろう。そんなことできるはずもないのに。意味がないのに。しかし自分と同じように寂しい思いをしているのだと気づいたら、手を伸ばさずにはいられなかった。

霊にさわれるわけがない。なのに指先が黒いもやに触れたとわかった。指先だけ氷水に触れたかのように、急速に体温を奪われていった。

意識が何かに引っ張られる。そうとしか言えない感覚が潤を襲い、視界が暗転した。

荒れ狂う嵐の中、暗闇の林を走っている。月明かりもなく、稲光があたりを一瞬照らすだけなのに、なぜか遠くまでよく見える。草木がものすごい勢いでうしろに流れていく。あてどもなく走っている。

息が荒い。ずっと走りっぱなしだ。自分でも驚くくらい荒い息だった。まるで獣のようだ。でも走ることをやめられなかった。

いない、いない、いない。誰もいない。どこ、どこにいる。さみしいよ。ねえ、どこにいるの？　さみしい。見つけないと。誰か見つけないと。焦燥感が体を突き動かす。

ふいに開けた場所に出た。大粒の雨と風が、さらに容赦なく自分を叩いてくる。目の前は崖だ。慌てて足を止める。地面に爪が食い込む。爪？　爪ってなんだろう？

しかし、どこを見渡しても自分だけだというのは、なぜかはっきりわかる。どんなに呼んでもどんなに叫んでも、もう自分の声は届かない。

空に向かって甲高く吠えた叫びは、暴風にかき消された。


目を開けると車の中にいた。

「え、あれ？」

状況がよく理解できず周囲を見渡す。タクシーの中のようだ。潤は後部座席に座っていて、隣には高橋がいた。

「ええと、俺どうなっちゃったんですか？」

「突然気を失ったんだ。博物館で」

ぼんやりと記憶がよみがえってくる。

「そうだ。俺、霊にさわろうとして……」

「どうしてそう思ったのかね？」

「それは、……あれ、なんでだろう？」

「泣いていた理由はわかるか？」

「泣いていた？　誰が？」

「君がだ」

「どうして俺が泣くんですか？」

らちが明かないと思ったのか、高橋はそこで質問を切り上げた。

「迷惑かけてすみません」

「いやいい。それに収穫もあった」

収穫とはなんだろう。

――もしかして倒れて思ったよりもヤバい悪霊だってわかっちゃったんじゃ？

「霊障にあてられて気分が悪くなっただけだ」

「それってヤバそうに聞こえるんですけど」

「意識を取り戻す分、まだマシだ」

最悪に比べればマシなんてのはなんの慰めにもならない。

「いまどこに向かってるんですか？　次は何を調べるんです？」

「君の家だ」

「え、どうして？」

「次に向かうのは、脂汗を流して気を失う人間が行けるような場所ではないからだ」

額をさわると思った以上に汗をかいていた。

「解決方法は思い当たるものがある。しかし目的のものを見つけられるかどうか。そこはなんとも言えないな」

「俺も……行きます」

「無理だ。君に憑いている悪霊があれを見てしまい、より力を強めてしまった。これは完全に私のミス。なのでタクシー代８６２０円は経費に計上しないでおこう」

たしかにいまだにふらついている。体に力が入らない。目をつむって休んでいるといつのまにか眠ってしまった。

潤の住んでいるマンションの前でタクシーが停まる。なにやら体がふわふわしている。目線がいつもより高い。呪われると背が高くなるとか。それに歩かなくても移動できるのか、そんなことをぼんやりと考え、ハタと思い当たる。もしかして自分はいま、お姫様抱っこをされているのか。男に。男が。

「しかし君は高校生男子にしては軽いな。偏食せず、きちんと食べ、規則正しい生活をしているのか？　若さにまかせて不摂生をしていると、いざというときすぐ倒れる羽目になる」

説教するくらいならやめてくれ、今すぐおろしてくれ、せめて肩にかついでくれ、いや引きずってくれてもいい、お姫様抱っこだけは勘弁してくれ、と叫びたいが体が言うことをきかなかった。

11

幸いマンションの自宅には誰もいなかった。叔父も叔母もまだ出かけている時間だ。もし見られたら心配をかけてしまっただろう。

——二人の負担にはなりたくないな。

玄関から自分の部屋まで歩くだけでもつらかった。高橋の言うとおり、これ以上調査についていくのは無理だった。

なんとか自室にたどり着くと、ベッドに倒れこむ。いつのまにか背後の霊の気配も落ち着いていて、気分はずっと楽になっていた。そのまま潤は眠ってしまった。

気づいたときにはカーテンから朝日が差していた。

枕元にお札が置いてある。よくわからない記号や文字の組み合わせはマンガや映画でよく見るお札に似ていた。昨日、別れ際に高橋からもらったものだ。これも依頼料のうちだと言っていたから、正確には買ったものか。

「これのおかげ？　なのかな？」

携帯には、高橋からメールが入っていた。

『目的のものはまだ手に入れられず』

簡潔だ。

「目的のものってなんだっけ？」

そういえば博物館からの帰りのタクシーで、解決に必要なものがあると言っていたようないないような。がっかりする内容のメールなのだが、昨夜、男にお姫様抱っこをされたショックが残っている潤にはささいなことに思えた。

なんと返事を書こうか悩み、何度か書き直して結局『昨日はありがとうございました。よろしくお願いします』の無難な返信でお茶を濁す。

昨日はどうなることかと思ったが、今朝起きてみるとそんなに体調は悪くなかった。

——部屋を片付け、綺麗に掃除をするように。

昨日玄関で別れ際、お札を渡すときに高橋が言った言葉を思い出す。まるで潤の部屋の惨状を見透かしたような言い方だ。

他にも、充分な休息と食事をとり、朝日を浴びるように、などいくつか言われたことがあった。いずれも怨霊を少しでも鎮め、霊障をやわらげるためのものとのことだ。

日曜に入っていた例の先輩経由のエキストラのバイトに行けないことも連絡しなければと思ったら、もう一通、メールがきていた。

差出人はディレクターの小林で、ゆっくり休んで下さいという内容だ。ハルトが制作会社に撮影で無理をさせてしまったと連絡してくれたらしい。霊能者としては頼りないが、業界慣れした如才なさに素直に感謝する。

リビングに行くとラップをかけた朝食と叔母のメモがテーブルの上にあった。

『調子が悪そうなので起こしませんでした。冷蔵庫の牛乳を飲み干さないように。牛乳を飲んだら背が伸びるっていうのは迷信よ』

後半はいつもの文言だ。一気に脱力する。と同時にほっとした。

朝食を温め直して食べると、思ったよりも体の調子は良かったので部屋の掃除を始めた。綺麗になると少し気持ちも体も楽になった。

翌日、高橋から「交渉中」と昨日より短い文面が送られてきた。件名の「進捗状況」のほうが長い。

「短すぎだろ！」

簡潔すぎて、ある意味面白い。

メールの返信は「こちらは掃除中」。

汚い場所にはよくない気がたまる。清められた空間にはよい気があつまる。

よく考えればあたりまえのことだった。窓を開けて空気を入れ替えていると、自分に取り憑いている霊の邪気が弱まっているのを感じた。

さらに翌々日、三通目のメールが届いた。

件名は『進捗状況』、本文は『終』の一文字でも驚かなかったが、文面は思いのほか長かった。

要約すると指定の場所に指定の時間までに来てくれ。花坂を迎えに行かせる——というものだった。


翌朝、玄関のチャイムが鳴ったのでドア窓から外の様子をうかがってみると、サングラスにマスクをした怪しい人が外に立っていた。

「潤君、お迎えに来たよ」

サングラスをずらし、指を二本立ててきざったらしくピッとふっても滑稽にならないのはさすが芸能人といったところか。潤の中では既に、花坂ハルトの本業はスピリチュアリストではなく芸能人に分類されていた。

「おはようございます。高橋さんから聞いてます」

ハルトのような芸能人が普通の住宅街にいるのはすごく違和感があった。

「君を健一のところまで連れて行くのが僕の役目。すぐそこに車停めてるから」

「ありがとうございます。すみません、いま準備してくるんで」

高橋のメールには山道を歩くので動きやすい格好をと書かれていた。とりあえずパーカーを羽おり、汚れてもいいスニーカーをはいた。

マンションの前に停まっていた車は、なんというかハルトのイメージと合っていない。黒に近いメタリックグレーの車高のある頑丈そうな車だ。

ハルトならもっとわかりやすくかっこいい車、国産車じゃなくてポルシェとかＢＭＷみたいな外車を選びそうだ。

前回乗せてもらったのはマネージャーの車だったが、本当はこういう車が彼の趣味なのだろうか。

「さあ、乗って乗って」

促されるまま助手席に乗るとしっかりシートベルトをする。

ハルトも運転席に座るが、なんだか操作する手が不慣れで不安になる。取り憑かれて殺される先に事故死しそうで怖い。

「じゃあ出発するよ」

とアクセルを踏んだ瞬間、車体ががくんとなり、エンストした。

「え、あれ？」

「サイドブレーキじゃない？」

なぜ免許を持っていない自分のほうがわかるのか。

「え、あ、そうか」

サイドブレーキを探し操作する姿がいかにもおぼつかない。

「ハルトさんの車じゃないんですか？」

「こんな野暮な車は趣味じゃないよ。実用一点張りで選ぶ健一の車。僕が持ってるのはＢＭＷのＭモデルやポルシェとかさ」

あまりにも想像したまんまなので思わず吹き出してしまう。

「あ、すみません。高橋さんもハルトさんも、イメージどおりの車ですね」

「そうかい？　こいつミーハーだなって思ったんじゃないの？」

そう言いつつも、いつもの明るい笑顔で出発するよと言ってくれた。彼のこういう大らかさには救われる部分がある。

有名人にもかかわらず、ハルトの気取らない性格のおかげで目的地につくまでの七時間のドライブはそれほど苦痛にならずにすみそうだ。

そう七時間もかかる。行き先は奈良県。そんなに長く乗るなら新幹線でもよかったのではと思ったが、後部座席にある荷物の多さを見て納得した。こんな大荷物は車でないと無理だろう。

寝ていていいよと言う言葉に甘えて、座席を倒して目をつむった。車の揺れがいい感じにゆりかごになって、疲れた体を簡単に睡眠へいざなってくれた。

どれだけ眠っただろうか。車の大きな揺れで目が覚めた。

「す、すみません。運転してもらってるのに、ぐうすか寝てしまって」

「いいよいいよ。疲れてるんでしょ。憑かれているから疲れる。ははは……。あまり面白くないな」

高橋が前に言った、払わないなら祓わないに通じるものがある。まさか霊能者はつまらないダジャレを言う呪いにかかる宿命なのか。

「目的地は近いから、あと少し我慢して」

自分でも顔が青ざめているのがわかる。やはり取り憑かれているのはつらい。

車はいつのまにか山道を走っていた。道路の外にはきっと黒いもやに触れたときに見た夢のような、深い森が広がっているに違いなかった。

12

途中山間の小さな町をいくつか通り抜けて、たどり着いたのは登山道の入り口だった。時間はすでに四時をまわっていて、あたりは少し暗い。山の夜は早いと聞いたことがある。

「来たか」

山道の手前に高橋がいた。

高橋はとても奇妙な格好をしていた。メガネにスーツ姿はいつもどおりだったが、これから山に行く人の格好ではなかった。せめて革靴じゃなくてスニーカーではなかろうか。

ただ以前会ったときと一カ所だけ違うところがあった。

両手におろしたての真っ白な手袋をはめていた。よく見ると甲の部分に星のようなマークがある。確か安倍晴明《あべのせいめい》の紋、五芒星《ごぼうせい》だ。

ただそれだけなのに、なぜか一気に彼が霊能者らしく見える。頼もしさも一段階アップしたように感じた。

足下には鮮やかな赤い布に包まれた箱がある。けっこう大きく、重箱のように見えるが、まさかここにきて弁当を食べるわけもないし謎だ。

「ここから少し歩く。大丈夫か？」

潤の顔色を見て聞いてくる。心配してくれているのだろうが表情はいつもと変わらない。

「だ、大丈夫です」

自分も男だ。心配ばかりされているのも情けない。ここは正念場だ。お札と掃除の効果なのか、霊は潤を苦しめるようなことはしてこなかった。自宅でゆっくり休めたことと、車で寝ていたのとで体力も少しは戻っている。

「道具は持ってきたか？」

今度はハルトに向かって問いかけた。

「大丈夫。ちゃんと準備してきたよ」

ハルトはハルトで、何が入っているのか大きなリュックを背負っている。

「俺も荷物運び手伝います」

さすがに自分だけ荷物を持たないのは気が引ける。

めた。

「気にしなくていい。これも料金の内だ」

あっさり高橋が断った。荷物を一つ渡そうとしていたハルトは、すごすごとひっこめた。

高橋は片手に荷物を、ハルトは背中に荷物を、潤は手ぶらで山に登ることになった。

「ノウマク・サンマンダ・バザラダン・カン」

登り始めてすぐに高橋は片手で印を結びながら、なにやら呪文のようなものを唱える。どこかで聞いたことがあるようなフレーズだが意味まではわからない。

「不動明王の真言で一番短い小呪《しょうしゅ》だね」

疑問に思っているのを察したのかハルトが教えてくれたが、教えられても意味はよくわからなかった。

ただ何かしらの効果があるのはわかる。背後の怨霊が落ち着かない。ざわついているのを感じた。

一時間ばかり歩くと少し開けた場所に出た。

「ここで除霊を行う」

木々の間にしめ縄をはり四角い空間を作った。

「ここは現世《うつしよ》と常世《とこよ》の境界になる。決して足を踏み入れないように」

潤の疑問を察してか高橋は手を止めずに説明をする。あの囲いの中はあの世とか神域を意味するらしい。

高橋が赤い布の包みをほどき広げると、中から桐箱が出てきた。慎重な手つきで箱の中から取り出したものを見て思わず息をのむ。

白くて複雑な形はどう見ても獣の頭の骨だ。頭骨は、しめ縄で区切られ赤い布が敷かれた空間の中央に置かれた。

胸が苦しくなった。言いようのない悲しみと寂しさがこみあげてくるのは、国立科学博物館で剝製を見たときの感覚とよく似ていた。

霊が背後でざわめいている。

「もしかしてその骨が獣の正体なのかい？」

ハルトの問いかけに高橋は厳かにうなずいた。

「なあ、そろそろ獣憑きの正体を教えてくれてもいいんじゃないか」

意外なことにハルトはまだ知らなかった。潤は調査に同行したから知っている。

「最初に夏目鈴音さん、そして今、三田村潤君に取り憑いている獣の正体は……」

潤の背後をじっと見て、高橋は厳かに言った。

「ニホンオオカミだ」

「ニホンオオカミ？」

ハルトはまだぴんとこないのか、高橋と潤を交互に見て首をかしげている。

正体がわかっても霊の姿は見えないものなのだろうか。高橋は剝製を見てすぐに確信していた。

「あ、そうだ。いま写真見せます」

潤はスマホを取り出してネット検索をかける。山中なので電波は不安定だったが、スマホのアンテナはかろうじて一本たっていた。

「画像を見ても無駄だ。見えるようにはならない」

「ニホンオオカミの写真や剝製を見せるとかじゃダメなんですか？」

「ダメだ。君に取り憑いているのは怨霊、魂だ。知るのは外見ではなく内面でなくてはいけない。ニホンオオカミがいかなるものか、魂のあり方を知らなければならない。外見は一要素のようなものだ」

しめ縄で作った神域から少し離れたところに座ると、高橋は語り続ける。

「我々はニホンオオカミを見たことがない。一九〇五年に捕獲されたのが最後の目撃情報だ。そのあとも目撃情報や遠吠えを聞いたという証言はあるが、それがニホンオオカミである確証はなく、いまでは絶滅種として登録されている」

ニホンオオカミがいかなるものか知る。それこそが魂のあり方を知ることなのだろうか。

「ニホンオオカミは小型で体長は百センチ程度。中型犬くらいの大きさしかないため犬に間違えられることも多かった。江戸時代より前は山犬と呼ばれることもあり、犬との区別は曖昧だ」

高橋がニホンオオカミについて語る。その内容は体長などの外見だけにとどまらず、できるかぎり調べたという謎の多い生態、人間との関わりなど多岐にわたった。

潤だけでなくハルトも高橋の話に聞き入っている。いつのまにか太陽は完全に沈んでいた。ＬＥＤランタンの明かりは周囲を照らしているが、夜の暗さにはかなわない。

淡々とした話し方は奇妙な臨場感をともなっている。

明かりの届かない木々の奥から、ニホンオオカミがこちらを見ているのではないかという錯覚さえ抱く。博物館で倒れたときに見た夢を思い出した。あれもこんな暗い森の中だった。

感じたのは夜の暗さだけではない。土の臭い、風を切るように駆ける体の躍動感、地面の感触、そして寂しさ……。

——ぐるるるる。

「えっ？」

いきなり耳元で獣の鳴き声がした。背後にはっきりと気配を感じる。寒気をともなう気配。この世のものではない何かが、首筋のすぐうしろで唸っている。

おそるおそるうしろを振り返った。

「ひっ！」

犬に似た何かの鼻先のようなものがあった。荒い息づかいが聞こえてきそうな距離だ。

そうか、これが見えるということなのかと潤は思った。いままでは黒いもやにしか見えていなかった。狼の剝製を見てもまだ駄目だった。いまやっとニホンオオカミの魂のあり方を理解して、見えるようになった。

「え、どうしたの？」

ハルトは潤の様子をいぶかしんでいる。彼にはこんな凶暴そうな狼が見えていないのだろうか？

「三田村君は狼の姿が見えるようになったのだよ」

「え、僕見えてないよ？」

「見える下地がある。長く取り憑かれているし、狼の剝製を事前に見せておいたのも大きいだろう。それでもこれだけ早く見えるようになったのは、少々計算外だが。何か他の要因もあったか？」

高橋はわずかに眉根を寄せていぶかしんでいる。

もしかしたら、あのまるで自分が狼になって走っていたかのような夢が関係しているのかもしれない。

しかしそんなことを考えていられたのも一瞬だった。牙をむき出しにして獣が唸っている。怖い。いまにも嚙まれそうだ。

──嚙まれたらどうなるんだろう。霊魂だから通り抜けるのかな。無理だろうな。口からたれたよだれが首筋にかかる。生ぬるい感触だ。

──死ぬ。嚙み殺される。

ニホンオオカミは吠えると同時にとびかかってくる気配がした。潤は怖くて目をつぶることしかできなかった。

しかしいつまでも嚙まれた痛みはおそってこなかった。おそるおそる目を開けると、目の前にいたのはニホンオオカミの怨霊ではなく、高橋だった。

左腕を前に突き出し、ニホンオオカミがそれに噛みついている。

「た、高橋さん……」

とっさに自分をかばって噛まれたのか。

鉄面皮だった顔をわずかに痛みで歪めつつも、右手の指を縦に四回、横に五回振る。

「臨・兵・闘・者・皆・陣・烈・在・前」

九字《くじ》だ。漫画や小説で一回か二回は見たことがある。

怨霊は悲鳴を一つあげると、口を離してはじかれたようにうしろに下がった。

高橋の左手がだらりと垂れ下がっている。スーツには噛まれたあとがないのに、袖の内側から血がにじんで、白い手袋も赤く染まっていった。服をすり抜け体だけが傷ついている。

「血が……」

「そのために危険手当をもらっている。これも料金内の仕事だ。いまここでやめるわけにはいかない。君がニホンオオカミを認識できているいまこそ除霊のチャンスなんだ」

怪我をしていない右手を潤の後方に突き出し、ニホンオオカミの怨霊を牽制しているかのようだ。

「君に取り憑いたニホンオオカミの無念は孤独だ」

「孤独……」

いまはよくわかる。博物館で剝製を前にしたとき感じた思いが、また強くよみがえる。怖くて、寂しくて、つらくて、哀しくて。

一人で。独りぼっちで。

夢の中で、森を駆けて駆けて、たどり着いた崖の上で感じたのは——絶望感。

「狼とは本来群れる動物だ。しかし絶滅の間際では仲間を見つけることのできないニホンオオカミもいただろう。最後にニホンオオカミが見つかった場所は知っているか？　奈良県吉野郡の小川村、いまでは東吉野村という」

「ここじゃないか」

ここまで連れてきてくれたハルトが驚く。

「孤独を癒やす方法は一つしかない。仲間だ」

高橋が指さした方角にはしめ縄に囲まれた獣の骨があった。

「日本には狼信仰が根強く残っている。そのため、加持祈禱《かじきとう》では昔から狼の頭骨を憑きもの落としに使う」

「かじきとう？」

「加持祈禱。密教の憑きもの落としだ」

柏手が一つ。パーンという音が森の中に響きこだました。

「大神と書いて狼と読む。あるいは真神《まかみ》、大口真神《おおくちのまがみ》と呼び、古来より人々はニホンオオカミを神格化していた。狼とは本来悪霊化するようなものではない。それほど気高い生き物なのだ」

真言が再び再開される。

「ノウマク・サラバタタギャテイビャク・サラバボッケイビャク・サラバタタラタ……」

しかしさっきよりずっと長い。

高橋の額に玉のような汗がいくつも浮かび上がっていた。汗が垂れて目に入っても瞬き一つせず、一心不乱に唱える姿は変わらなかった。

木々がざわめいた。風はない。怖いくらいに無風であたりは静かだ。なのに木々が揺れた。見えない何かが降りてきたような、そんな錯覚を起こす。

虫の声もしない。唯一聞こえるのは高橋の唱える真言のみ。いつのまにか背後のうなり声も消えていた。

「あっ……」

変化はそれだけではなかった。

頭骨からもやのようなものが立ち上った。それはしばらく煙のように漂っていたが、不思議なことに拡散して消えることはなかった。

頭骨から次々と立ち上る五つの白いもやは、徐々に形を作っていく。ニホンオオカミだ。

しかしそれは潤に憑いている怨霊と違い、もっと清らかな感じがした。

五匹の狼は統率された動きで、結界の中をゆっくり探るように歩いている。そのうちの一匹がふと潤のほうを見る。

狼の鳴き声がしたかと思った。すぐ耳元で何かが鳴いたように感じた。

結界の中の他の四匹の狼も潤のほうを見て鳴いた、そのとき。

背後から抜けるような風が吹いたかと思うと、急に体が軽くなった。そして五匹の狼の前にもう一匹、狼が姿を現した。五匹の狼が白ならば、新たに現れた狼は淀んだ黒をしていた。

体をすり抜けた一瞬に感じた怨霊の気配は、喜んでいるようだった。

孤独に死んでいった狼はただ仲間に会いたかったのだろう。

五匹と一匹がじゃれ合っている。淀んだ黒い一匹の色は徐々に薄らいでいき、他の五匹と同じように白くなっていった。もはやどれがどれだか見分けがつかなかった。

五匹と一匹、いや六匹の狼はじゃれ合いながら駆けていった。その姿は徐々に空へと昇り、木よりも高くなり、やがて見えなくなった。

赤い布の上に置かれた頭骨もいつのまにか崩れて砂のようになり、風に吹かれて深い闇の中に消えた。

シンとした空気の中、高橋が沈黙を破る。

「憑きもの落としニホンオオカミ、完了した」

先ほどまでの朗々とした真言と異なり、事務的な口調に戻っている。

潤はいつまでもニホンオオカミが消えた空を見上げていた。見えている木々や空が揺らいで見えると思ったら、涙だった。潤は気づかぬうちに泣いていて、涙が溢れていた。

「ふきたまえ」

高橋さんがそっとハンカチを差し出してくる。

「あ、ありがとうございます」

口調はクールだったが、初めて会ったときの印象と違う。すごく優しい眼差しだと思った。

人前でボロボロ泣いていたことが急に恥ずかしくなり、真っ赤な顔をごまかすようにハンカチで顔を覆って涙をふいた。しかし、なぜか妙にざらついた砂っぽい感触がする。

「あの、これ……」

「ああ、失敬。それはニホンオオカミの頭骨を包んでいた包みだった。しかし涙を吸水する機能としてはその包みでも問題ないだろう」

「大ありだよっ！」

思わず声をはりあげると、気恥ずかしかった気持ちもどこかに行ってしまった。

「これで……これで全部終わったんですね」

ほっと一息ついたとき、

「まだだ、まだ終わっていない」

まさかハルトがそんなことを言い出すとは。彼はいままで見たこともないまじめな顔をしていた。潤は思わず身構える。

「これからが本番なんだ。いつものやつ頼むぞ」

「わかった」

ハルトが高橋に向かってうなずくと、高橋もうなずき返す。いったい何があるというのだろう。潤は固唾を呑んで見守ることしかできなかった。

ハルトは運転よりずっと手慣れた動作で、運んできた大きなリュックを開けた。そういえばと、いまになって不審に思う。わざわざこんな大きな荷物をここまで運んできたのに、中のものを使うどころか、リュックを開けることさえなかったのだから。

最初に取り出した重たそうなものをハルトは高橋に渡す。

「はい、いつもと同じカメラだから」

カメラ？　疑問に思っているうちにいくつかの部品を組み合わせて、なにやらスタンドのようなものを作ると今度は潤のもとに持ってきた。

「あ、潤君は照明係ね。倒れないように支えるだけでいいから」

そう言ってスイッチを入れるとまぶしいくらい明るくなった。

さらにリュックの中から大きな風呂敷包みが出てくる。まるで四次元ポケットだ。

「ちょっと後ろ向いてて」

風呂敷をほどいて、ハルトはいそいそと着替え始める。

「さあ、準備完了だ」

振り返ったときには、白い紋付きの羽織にシルバーグレイの袴というものの衣装のハルトがいた。

「撮影開始」

高橋は無言でカメラを構えてハルトを撮影する。

「はああああっ！」

ハルトは何もない空間に向かって叫び、なにやら見えない力と戦っているような苦しげな表情を作っている。

「あの、もしかしていつものって……」

違うなあと自らにNGを出すハルトにおそるおそる話しかけた。

「番組では僕が祓ったことになるからね。そのための映像さ」

とんでもなくかっこ悪いことをかっこよく言うあたり、大人物なのかもしれない。

結局、撮影はハルトの無駄なこだわりもあって夜中まで続いた。

13

「はあ、疲れた」

撮影もようやく終わり、車に乗り込んだところで座席に体を預ける。高橋は運転席に、ハルトは助手席に座った。

「本当に終わったんだ……」

助手席のハルトを見る。またまだ終わってないとか言い出したらどうしてくれようか。

「そんな怖い顔で睨まないでくれる？」

「え、睨んでました？」

「すごく……」

そんなにひどく睨んでいたつもりはない。ヤラセ映像の撮影協力は肉体的にも心理的にも堪えたから、疲れはしたが。

「もう、何もないですよね？」

「う、うん。大丈夫。あとは編集でなんとかするよ」

やっぱりあったのか。

高橋はその間もずっと無言。口数の少ない人だとわかっているが、今は同意の一言があってもいいのにと思う。

と、高橋のスマホから着信音が鳴った。

スマホのメールを読んだ高橋の顔色が変わる。

「まだ終わってないぞ」

「終わってないって、何がですか？　まさかまだ撮影あるの？」

高橋はキーを回して、車を発進させた。思ったよりも乱暴な運転だ。まるで急いでいるような。

「今回の事件の根幹がまだ解決していない。急いで帰る必要がある」

驚く潤とハルトをよそに、高橋が運転する車は暗い山道を走り出した。


「そもそもなぜ夏目鈴音さんはニホンオオカミに取り憑かれたのか」

高橋の運転はすべての動作が手慣れていて危なげない。

「ことの発端が気になっていた」

こんな時間では新幹線や飛行機という交通手段はない。東京に急いで帰るには車しかなかった。

車道の明かりがすごい勢いでうしろに流れていく。

「スズ姉が霊のそばにうっかり行っちゃったから、取り憑かれたんじゃないんですか？」

鈴音はアウトドア好きなだけでなく、好奇心旺盛で、いろいろなところに行く。京都でも市内の神社仏閣だけではあきたらず、奥の院や古道を巡る京都トレイルに行くくらいだ。どこかで何かに取り憑かれたとしてもおかしくないと、なんとなく納得してしまっていた。

「彼女の旅行中の行動を調べていた」

運転しながらスーツの内ポケットから紙を一枚取り出す。

「京都には行っておらず、奈良に三泊していた」

「え？ そうだったんですか？」

潤は驚く。京都で観光、奈良には両親のお墓に結婚の報告もかねて一泊するだけと聞いていたのだが。

「孤独ゆえに悪霊になってしまったニホンオオカミに取り憑かれたことを考えると、一つの結論が出る」

「どういうことですか？」

「ニホンオオカミの心と同調したんだ」

「同調？」

「ニホンオオカミが悪霊になった原因はなんだ？」

「孤独」

　高橋の問いに潤は反射的に答えていた。

「待ってください。スズ姉が孤独って……」

　婚約中で今が幸せいっぱいの時期のはずだ。

「夏目鈴音さんは婚約していたはずだね？」

「そうだけど。秋には式を挙げる予定で……」

「なら、なぜ入院したとき婚約者は見舞いに来ない？　いや退院後でもいい。君の口から夏目鈴音さんの話はよく出てくるが、婚約者が見舞いに来たという話を聞かない」

「それは俺が学生だから、働いてる山内さんと時間が合わなかっただけで……」

「だとしても夏目さんの口から聞いてもよかったのではないのか？　旅行の写真は見たか？」

「……見てないけど」

　何回かきたラインは文字ばかりだった。

「花坂のインタビューのときも婚約者の話題が出たときの受け答えがおかしかった」

「俺もそれは思ったけど、結婚前に悪霊を祓うようなテレビに出るのは誰だって抵抗が……」

「婚約指輪をしているところを見たか?」

「入院中ははずしてるのが普通でしょ?」

「テレビの収録のときは? 彼女はきちんと化粧をしてネックレスやピアスもしていたが、指輪はなかった」

「……………」

「以上のことから、不審に思い調査した。さきほどメールで報告がきた。彼女は先月末、婚約破棄されている」

言葉がすぐに出なかった。

「……じゃあ、スズ姉の孤独って」

「それともう一つ、なぜ入院した?」

「え、だって、悪霊に取り憑かれたから、ふらふらと道路に……」

違う。そうではない、と潤は考え直す。入院の直接の原因は交通事故だった。取り憑かれて勝手に出歩いた? それなら自分も同じようになっているはず。しかし自分にはそんなことは起こらなかった。体調が悪くなっただけだ。放っておけば衰弱死するのだから、だけというのもどうかと思うが、自分を傷つけるような衝動は起こらなかった。

「入院中も一回怪我をしている。その原因はなんだ？」

もう取り憑かれたからとは答えられない。

「まさか、まさか……」

「そうだ。彼女は婚約が破談になって孤独感にうちのめされていた。そして山中で自殺しようとした。そこでニホンオオカミの孤独な霊と共鳴し、取り憑かれた。それが真相だ」


車が鈴音のマンションの前に停まる。潤は急いで降りるとエレベーターを待たずマンションの階段をかけあがった。夜通しの走行で空が白み始めている。

「スズ姉、スズ姉、いるの？　いるなら出て」

ドアを叩いて何度も呼んだが出てくる様子はなかった。明かりは消えている。

「スズ姉!!　開けて！」

何度叩いても反応がない。留守のはずはない。まだ怪我も完治してないし家で休んでいるはずだ。

ドアに体当たりをしたり蹴飛ばしたりしても、びくともしない。

「外開きのドアを蹴飛ばしたところで開くはずがないだろう」

遅れてやってきた高橋が落ち着いた声でたしなめる。

隣の部屋のドアが開いて、おばさんが迷惑そうな顔で出てきたところを、ハルトがうまく取りなしてくれた。おばさんの不機嫌はあっというまに消えてなくなり、ハルトにサインを求めている。

その間に高橋が管理人さんを呼んできてくれた。

「何事ですか……。あ、三田村さんとこの潤君」

同じマンションに住む潤を管理人さんは知っている。スズと仲がいいことも。中で倒れているかもしれないと伝えると、管理人さんはマスターキーで鍵を開けてくれた。

ドアを開け、靴を脱いですぐさま部屋の中に飛び込んだ。

鈴音は部屋にいた。ぼんやりと部屋の中央に座り込んでいる。

ほっとしたのも一瞬だった。先端が輪になったロープが足下に落ちていた。どう見ても首吊り用のものにしか見えない。

「……潤……君？　どうしたの？」

鈴音は突然入ってきた潤に驚いていた。しかし、口調は淡々としていてどこか他人《ひと》事《ごと》のようだった。

「……私って馬鹿だよね。いざ首を吊ろうとしたら、部屋の中にロープをかける場所がないんだもん」

虚ろな顔で自嘲的につぶやく。

「スズ姉。スズ姉。ごめん、いままで気づかなくてごめん」

鈴音を前に潤は立ち尽くしたまま何度も謝った。鈴音のことを心配しているつもりで、何も見ていなかった。

高橋とハルトは玄関の外から二人を見守っていたが、まもなく静かにドアを閉めて帰っていった。

それから鈴音は堰《せき》をきったように話し始めた。

婚約を破棄されたのは鈴音が悪いわけではなかった。理由は彼に他にもっと好きな人ができたから。こんな気持ちで結婚はできないと言われたこと。鈴音には土下座して誠心誠意謝ってくれたこと。

でも謝るのを見て、それは鈴音のためじゃなく、新しく好きになった相手のためなんだとわかってしまって悲しくなったこと。

彼と一緒に頭を下げる両親を見て、自分が一人ぼっちだと実感して怒りより寂しさがこみあげてきたこと。こんなとき自分に親や兄弟がいれば、怒ってくれただろうにと思ったこと。

「ドラマとかで、よくあるでしょ。父親がうちの娘になんてことしてくれたんだ！って相手の男をどなりつけたりするの。母親が、もうあんたたちの顔も見たくない！って追い返したり」

鈴音は大きな瞳からぼろぼろと涙をこぼした。

誠実に謝られれば謝られるほど、鈴音の心は孤独にさいなまれたに違いない。三人に頭を下げられても謝罪を受ける鈴音は一人。彼女の横にいるはずの家族はいない。新しく家庭を作るはずだった人は去っていこうとしている。

両親のお墓がある奈良に、本当は二人で行くはずだった。

それなのに一人墓前で手を合わせて、こんな惨めな報告しかできなかったとき、どうしようもなく寂しくなって、死に場所を探したこと。死に切れなくて戻ってきたこと。

泣きながら話す鈴音の話をただ聞くことしかできなかった。家族のかわりにはなれないかもしれないけど、自分みたいな子供では恋人にもなれないけど、せめて一人じゃないんだとわかってもらいたかった。

　自分が鈴音をどれだけ大事に思っているのか伝えたかった。ただそれをいま言うべきでないことくらいはわかった。

「交通事故も病院の怪我も別に死のうとしたわけじゃないんだ。ただ車が近づいてくるのが見えても、階段を踏み外したときも、まあいいかどうにでもなれって気持ちだった」

「ごめん……。ごめん」

　高橋より自分のほうが鈴音に接していたのに、ぜんぜん気づかなかった。自分の駄目さが本当に情けない。

「潤君が謝ることないよ。私が弱いだけ。今日、会社の同僚からメールがきて。あなたの婚約者、他の女の人と親しげに歩いてたよって。大丈夫なのって……。破談になったって言えなくて。ああ、でもいつか言わなくちゃいけないって。でもいつ言うのって考えてたら……」

　また鈴音は泣いてしまうかと思ったが泣かなかった。

「大丈夫。今日潤君に話せて、すごく楽になった。ありがとう」

潤の目を見て微笑む。

「でも、俺、なんにも……」

「なんにもじゃないよ。潤君が私が悪霊に取り憑かれてることに気づいてくれたからだよ。なんとかしようってしてくれた。ずっと一緒にいてくれて、心配してくれた。ほんとにありがとう」

涙をふいた鈴音の頬にうっすら赤みがさして、それは、彼女がまた生きようとする力が芽生えた証のように見えた。

14

『はあああああっ！』

テレビの中でハルトが何もない空間に向かって気合いを飛ばす。木々がそれに応じて揺れている。

「結局一回目の映像使ってるし」

十回はリテイクをいれたシーンだ。

あのあと木々を揺らす演出の手伝いをさせられたり散々だった。ときどき入るフラッシュのような発光現象も潤がやった。

VTRが終わるとスタジオの観客から大きな拍手が起こった。

『今回の怨霊はニホンオオカミでした。さすがの僕もこれには手こずりました。まず僕たちはニホンオオカミというものを知らない。そのため正しい魂の姿を見ることができないのです』

ステージではハルトが、高橋が語っていたことをさも自分の説であるかのように語っている。

『だからニホンオオカミを知るために徹底的に調査しました。生態や歴史的背景、そしてなぜ絶滅してしまったかです。悲しいことに原因は人間にありました。乱獲です。人間がニホンオオカミの生活圏を脅かし、絶滅に追いやってしまったのです』

高橋は疲れたようにため息をつく。

「ふう、だからもっと調べろと言ったのにな。ニホンオオカミの絶滅原因は乱獲のせいだけじゃない。海外から持ち込まれた狂犬病などの病気、エサの減少、環境も含めた複合的なものなんだ」

高橋の憂鬱をよそにスタジオではハルトがまじめな顔で語っている。

『今回の怨霊事件は傲慢な人間に対する自然界からの警鐘なのかもしれません』

なにやらいいことを言ったような顔をして番組は終わった。内情を知っている身としては、まったくもって彼の言っていることに同調も感動もできなかった。

「待たせてしまったね」

高橋はテレビを消すと、潤のほうに向き直った。

「いえ、約束の時間より早く来てしまった俺が悪いので。この回の『祓ってみせまshow!!』は見ておきたかったし」

お祓いコンサルタント事務所に約束の時間より三十分も早くついてしまった潤は、チェックしたい番組があると言って待たされていた。

「まちがった知識にはあとでメールでフォローを入れておく。これも……」

「料金の内ですか？」

「そうだ。あいつは金払いだけは心配いらない上客の部類だ」

そうは思いたくないと無表情に近い鉄面皮が言っている。なんとなくだが高橋の心情がわかるようになってきた。

「それで今日の用件は？」

「はい。その料金の件なんです。スズ姉と二人で相談して、やっぱり今回の依頼料は僕たちが払いたいと。と言ってもほとんどスズ姉が出すことになるんですけど」

潤は15万円しか出していない。というか出せなかった。バイト代やお年玉で貯めた貯金だ。スズは一方的な婚約破棄の慰謝料をそのまま依頼料にした。そんなお金は手元に置きたくないというのが、本音なのかもしれない。

「いいのか。花坂なら払ってくれるぞ」

「いいえ、高橋さんは僕たちの悪霊を祓ってくれて、なおかつスズ姉の命まで救ってくれた。僕も救われました。偉そうに聞こえるかもしれないけど、前回提示された216万は正当な金額だと思います。いえそれ以上です。二人で出し合ったお金です。216万とんで86円。どうかお確かめください」

「そうか。彼女が一歩踏み出すには必要なことなのだろう」

分厚い封筒をテーブルの上に置くと、ほっと一息つく。大金を持って銀行からここに来るまでの間、気が気ではなかった。そもそもこんな金額持ち歩くものじゃない。普通は振り込みだ。

「なぜ現金なのかね？　振込先は前に渡した明細書の中にあるはずだが」

「スズ姉をフッた婚約者の山内が悪いんですよ。あいつ小切手で送ってきやがって。お金にするには銀行行かなくちゃいけないじゃないですか。でもスズはそんなお金とあまり関わりたくないんですよ。小切手を手にしてるときの暗い表情といったら……。だから俺が銀行に行って現金化しました。そしていざ振り込もうと思ったら、振込先の紙忘れてきたことに気づいたんです。これじゃ振り込めないじゃないですか！　なので直接持ってきました」

後半は完全に自分の不手際だが、そこは棚上げしておく。

「ふむ。そういうことか」

高橋は封筒を開けると、札束を銀行員がやるようにものすごいスピードで数えていく。全部数えるのに一分とかかってない。

「217万あった」

「え、あ、すみません」

数え間違えて少なかったらどうしようと思って一枚多く入れていたが、お金に関しては本当にきっちりしてる人だ。いや、お金だけではないが。

「それと根本的に勘違いしているようだが、今回の依頼料は216万とんで86円ではない」

高橋は電卓を出すと、また最初の時のように数字を打ち始めた。

「まず、相談料が1万円。着手金が10万円。調査は時間給で一時間あたり5000円……」

「あっ、そうか。想定していたよりずっと早く終わりましたもんね」

高橋が最初に提示した日数は確か二週間で56万円。今回は五日で終わった。

「調査料金は、38万5０００円プラス23万1０００円で、合計61万6０００円になる」

安くなると喜びかけたら、なぜか高くなっている。

「前回は一日八時間で計算したが、今回はほとんど不眠不休で睡眠は最低限しかとっていない。君の体力では一刻も早いほうがいいと思ったのでね。77時間で38万5０００円」

「無理したんですね。ありがとうございました。でもプラス23万円はなんですか？」

「23万1０００円だ。夏目鈴音さんを調べた興信所の料金だ」

「わかりました。料金に関しては納得しました。足りない分は俺が絶対払うので」

「いや足りないと決まったわけではない。今回は封印ではなく成仏させた。機材費に変更がある。少し待ってくれ」

高橋は電卓でさらに計算し最終的な値段をはじき出すと、なぜか珍妙な顔をした。

「……217万とんで86円だ」

潤は黙って先ほど返してもらった1万円札をそっと差し出す。あと86円も。

「予定より高くなってすまない」

各地を飛び回ったので、交通費が高くついたと補足した。でも納得の値段だった。

ただ除霊するだけではない。事件の本質まで見抜いて、鈴音の人生を救ってくれた。まさしくコンサルタントだな、と思う。いろんな意味で高橋に救われのだから安いくらいだと素直に思った。

「何がおかしいのかね」

高橋が怪訝そうにしている。

「自分の価値観ががらっと変わったことがおかしくて。最初にここに来たときはぼったくりだって思ったなあって。すみません。浅はかでした」

メガネをくいっとあげたあと、意外な表情を見せた。

「そうか、君たちの期待に応えられたようでなによりだ」

高橋は笑った。この人も笑うのか。とてもいい笑顔だ。そんな表情をしている高橋がかっこよく思えた。

そこへ突然扉を開けて男が一人、飛び込んできた。花坂ハルトだ。

「1000万ってどういうことだよ！」

大門春吉あての請求書を突きつけてハルトは怒鳴る。

「春吉、最初におまえがヘマをした。霊感のある三田村君だから結びつきも深くなり、より除霊が大変になった。最初の被害者の夏目さんのままなら、彼女の気持ちを立て直し孤独の同調をずらせば、除霊は最初の見積もり程度ですんだはずだ」

メガネをくいっと持ち上げて、いつもの冷徹モードに切り替わる。

「1000万ではない。消費税が入って1080万円だ」

あいかわらず細かい、いや、80万円は決して細かくはないが。

「ハルトさんの1000万ってなんですか？　今回の依頼料は僕たちが払うことに……」

声が尻すぼみになってしまう。

「いや、春吉に要求したのはそれとは別件。特別追加料金分だ。まず今回一番費用がかかったのは、ニホンオオカミの頭骨だ。本当はニホンオオカミの剝製がよかったんだが、世界に数体しかない。残るは骨だが、これも持っているのは博物館と狼信仰の残っている家だけだ。譲ってくれたのは狼信仰の家だ。事情を話し快諾してくれた家には本当に感謝をしている。信仰のシンボルを譲り受ける以上、相応の報酬は支払わねばならない。それが600万」

「600万がどうして1000万なんだよ。法外だ、暴利だ！　あと春吉って呼ぶな！」

「テレビで自分の手柄にして放映したろう。かまわんが、テレビのギャラは一時間1

00万だな」

「え？　ハルトさんって、そんなにもらってるの？」

「キー局のゴールデンの冠番組なのだから普通だぞ。春吉は視聴率のとれるタレントなんだ。そのかわりテレビで顔をさらす。いろいろ言われることもある。編成が変われば職も失い、失業手当も退職金もない。タレントとしては正当な報酬だろう」

なぜか高橋はハルトを弁護する。

「だから私も正当な報酬を請求しているだけだ。実はできませんでした、ということになったら番組がつぶれる。狼の骨の譲渡代600万、譲り受ける交渉料が10パーセントで60万、調査料が40万、番組への情報提供料が100万、解決料が口止め料と合わせて200万。合計1000万。ワンクール1200万の出演料と失う信用、それによって発生するCM違約金などを考えれば妥当、いや安いと言ってほしい」

ああ、そうつながるわけか。

「なのでこの追加料金に関しては一切合切この男に責任がある。君が心苦しく思う必要はない」

「は、はい」

――ごめんなさいハルトさん。1000万は俺たちには無理です。

「そんなあ……」

ハルトはとぼとぼと帰って行った。前回もそんな姿を見送った気がする。もしかして毎回ここに来ては気落ちして帰っていくのだろうか。

「さて、これで今回の依頼はすべて無事完了した。またの機会、というのは物騒だな。もうここに来ないのが一番いい。しかし君は霊感がある。中途半端な霊感は、今回のようなことを引き起こしやすい」

つまり、生兵法は大怪我の元ということだ。潤もそのことで高橋に相談があった。今日ここに来たもう一つの目的。切り出すかどうかここに来るまでずっと悩んでいたのだが。

「あの、俺もこのままじゃいけないって思ってたんです。もしよかったら、高橋さんに対処の術《すべ》を教えてほしいというか……」

違う。言いたいのはそういうことではない。

「俺は霊感があることをずっと隠してた。信じてもらえないし、変な目で見られるし。でも高橋さんやハルトさんを見て救われたんです。俺自身が俺の霊感を否定しなくてよくなって、すごくすごく……嬉しかったんです。きっとそれまで孤独だったんです」

「ふむ……」

高橋は姿勢を正して潤の言葉に耳を傾けている。

「さっき高橋さん笑ったじゃないですか」

「むっ、笑ってないぞ」

笑ったことがまるで不名誉のようだ。

「笑いました。で、思ったんです。人を救って、霊も助けて、誰かに感謝されたい。いや感謝がほしいわけじゃないか。誰かの助けになるかもしれない力がある。霊感を初めて肯定できそうなんです。そう思ったらいてもたってもいられなくなって。困っている誰かを、苦しんでいる霊を、あんなふうに救って、あんな笑顔で笑いたい。人を救うヒーローになりたいです」

ずっとくすぶっていた気持ちがようやくはっきりした言葉になった。立ち上がり、拳を握り締めて、思いっきり頭を下げた。

「おねがいします！　俺を高橋さんの弟子にしてください！」

「断る」

即答だった。

挿話　滝行のお値段

1

「もしかして東横線の高島町を探してたの？　でももうなくなってるよ。渋谷に行きたいなら地下鉄のみなとみらい線に乗らないと」

霊はどこまで理解したかわからないが、ふらふらと遠ざかる。方角は一応合っていた。

「いま見えた記憶、渋谷で合ってるよね？」

己の手を見ながら、うん大丈夫と言い聞かせる。

ニホンオオカミの一件以来、潤の体に一つの変化が起こっていた。霊に触れると、一瞬何かしら映像が見える。狼のときは森の中を走っているような映像だったが、人相手でもごくごく短時間、何かしらの映像が脳裏に飛び込んでくる。

「もしかして俺、覚醒しちゃった？」

潤は意気揚々とお祓いコンサルタント事務所に向かう。にべもなく弟子入りを断られた三日後、高橋に呼び出された。

「昨日の今日で心変わりして弟子入りＯＫ、なんて都合のいいこと考えてるわけじゃないけど、可能性はゼロじゃないよね。一〇パーセントくらい。一五、いや二〇パーくらいは可能性あるんじゃないかな。これってサイコロの目を当てるよりは確率高いじゃん」

事務所で挨拶をかわしたあとの高橋の第一声も、潤の期待を高めるものだった。

「君は昔から霊が見えると言っていたね？」

――きたきたきた！　これはもう確定でしょ。入社試験みたいなものでしょ。

「まあ見えるといえば見えますが、解釈次第で人それぞれですから」

もっともらしいことを言おうとして、自分でも何を言っているのかよくわからなくなってしまう。

「見えるのかね？　見えないのかね？」

「は、はい。見えます」

厳しい視線に耐え切れずかしこまって答える。そのまま土下座してしまいかねない怖さだ。

「いつごろから覚えているか？」

「さあ物心ついたころにはもう見えてました。最初はまわりの人と話がかみ合わなくて苦労したっけ。あそこの女の人、いっぱい血流してるけど、病院行かなくて大丈夫なのって。信じてくれたのはスズ姉くらいかなあ」

喋っている間、ずっと値踏みするような眼差しを向けられていた。感じる圧がハンパなかった。霊も怖いが高橋も怖い。

「このあたりは霊が少なくていいですね。空気も綺麗です」

「みなとみらいは埋め立て地で新しい街だ。歴史も浅く、人死にの数も少ない。そうか、それがわかる程度には見えているか」

「たしかに叔母さんが子供のころはこのへん全部海だったって言ってましたけど、海には海で溺れた人の霊とかいないんですか？」

「溺れた霊は陸に帰りたがるものだ。総数も少ない。昔、戦場だったり処刑場だったりした場所とはケタが違う」

それからいくつか高橋から質問を受ける。霊はどのように見えるか、どのように感じるか、何か気づいたことはないか等々。

その質疑応答の中で、高橋が困惑顔になるものがあった。

「狼の記憶が見えた？」

いままで淡々と話していた高橋の口調がわずかに緊張感を増す。

「黒いもやに触れたとき、なんか視界が裏返って……。って自分で言ってて意味不明ですね。でもそうとしか言いようがないんですよ。視界がぐるんって。こんなこと初めてなんだけど」

身振り手振りでなんとか表現しようとするが、へたくそな阿波踊りにしか見えなかった。ともかく何が見えたのか必死に説明する。

「君は霊の記憶が見える、ということか」

「え、ええと、そういうことに、なるのかな？」

自分でもよくわかっていないのが正直なところだ。

すべて話し終えると高橋は難しい顔をして、何かを考えているようだった。

「狼の霊に取り憑かれた影響か。もともと神格の高い存在だ。新たに何かに目覚めてもおかしくはないか。狼は大神と書き、正しくは大口真神《おおくちのまがみ》と呼ぶ。人間の性質を見極める力があるそうだが、もしかしたらその能力の一環かもしれないな」

「おおっ！」

よくわからないけどなんだかすごい。神様の力が宿ったと思えばいいのだろうか。

「しかし、たった一回の事象で結論づけるのは早計か」

「一回ってことはないですよ。今日まで何回か試したけど、霊の記憶っぽいものが見えました。ちょっと助言っぽいことをして、霊に感謝されたりして」

多少事実は誇張してるが、ここぞとばかりに自分の霊力は役に立つとアピール。高橋は口をあんぐりと開けて驚いている。

「なんならその辺の霊にさわってまた確かめてきましょうか？　気が遠くなったのは狼のときくらいで、その辺の霊相手ならせいぜい立ちくらみ感じる程度ですから」

その分、見えるものも一瞬で情報としてはたいしたことはないのだが、そのことは黙っておく。

「駄目だっ！」

思いのほか厳しい声で高橋は止めた。

「絶対にやめたまえ。今後二度と霊に触ろうと思ってはいけない。どうりでこの前より、淀んでいると思った」

立ち上がりかけていた潤は、おそるおそる座り直してかしこまってしまった。

「本来、霊には関わるものではない。なぜだかわかるかね？」

「怖いから……じゃないですよね」

「霊魂というように霊は魂の存在。関わるということは己の魂をさらけ出す行為に似ている。肉体であれば誰でも身を守る術を知っているが、魂はそうではない。相手が霊ならなおさらだ」

高橋の言うことは納得できた。怪我や病気なら自分でも気をつけようがあるし、病院にもすぐに行け、医者というプロが対処してくれる。だが魂を守れと言われても何をどうすればいいのかまったく見当もつかない。

「もし君が霊に触れて記憶が見えるなら、それは魂と魂が深く重なり合った状態ということだ。これは極めて危険だ。君は気を失った程度にしか思っていないのかもしれないが、霊の世界に意識が引っ張られた状態と考えたほうがいい。魂が体から引きはがされかかっている」

「へ？」

「下手をすれば君の魂は体にかえってこれなくなる。つまり死ぬ」

死ぬという言葉が胸に突き刺さる。日常生活の中でも頻繁に耳にする言葉だが、高橋が言うと言葉の重みがまるで違った。

「今後、君は絶対に霊に触れてはならない。いいね？」

「え……でも、それだとここで働くのに、支障が出るっていうか……」

「働く？　何を言ってるんだ？」

「だって、今日はここで働けるかどうかの面接目的だったんじゃ？　弟子にとるんじゃや？」

「そんな話、一言も言ってないぞ」

「え、だって……」

――今後の君の身の振り方について、話しておかなければならないことがある。

高橋からの電話はそんな内容だった。

「狼に取り憑かれていた影響を調べるために呼んだだけだ。場合によっては命に関わることもあるからね。思ったよりも君のまとう空気が淀んでいるので驚いたが、まさか記憶を見るために霊と何度も接触しているとは。もっと早くにこういう場を設けるべきだった」

「で、でも……」

「料金のことなら心配しなくていい。当事務所はコンサルタントと名乗っている。顧客の抱えている問題を解決に導くのも業務の一つだ。これはアフターケアの一環だ」

そんなアフターケアいらない、と言いたかったが命に関わるという言葉が思いのほか潤の心に突き刺さっていた。

霊なんて日常的にいるものだ。なのにうっかり触れてしまえば死にかねない。つまりそこら中に命に関わるトラップが歩いているようなものだ。

「狼は神の化身とも言われている存在だ。その神格が君の霊力に影響を与えてしまったのだろう」

「それならスズ姉は？　スズ姉は大丈夫なんですか？」

「彼女は大丈夫だ。君と違って霊力はほとんどない。逆に君はもともと霊力があったため、狼の神格の影響を受けやすかった」

「でもそれを言ったら高橋さんだって霊感ありますよね？　あのときだって……」

潤をかばって高橋は狼に噛まれている。

「私は己の魂を守る術を身に付けている。狼の霊の影響を受けにくい。それでも相応の影響は受けてしまうが、処置する術は身に付けている。しかし君にはその知識がない。狼の霊力の影響をもろに受けてしまった。これは稀有《けう》なケースだ。とはいえ、博物館でのことは私のミス。このアフターケアに関しての料金はいらない。ちょっと待っていてくれるか」

高橋は事務所の奥にいったん引っ込み、すぐに戻って来た。

「これを持っていたまえ。霊力を抑える力がある。普通なら霊が見えなくなるが、君の場合は霊の記憶を見ないですむ程度だろう。それでも長時間の接触は避けたほうがいい」

高橋が渡した黒い袋はなんの変哲もないよくあるお守りに見えた。

「わ、わかりました」

「肌身離さず持っているように。命に関わる問題だ」

高橋の言うことが本当なら、確かに命に関わりかねない。自然と顔がこわばってくる。

「脅しすぎたな。深刻に考えすぎるのもよくない」

「でも、霊ってそのへんうろうろしてるし……」

「交通事故だって人の命をたやすくうばう。車はどこでも走っているだろう。ようは対処法を知っているかどうかだ」

「は、はい」

お守りを握りしめて、潤は緊張した面持ちでうなずく。気を張りすぎてもよくないのかと、強張《こわば》った顔を指先でほぐした。

「正直、このお守りを渡しておしまいにしたかったが、どうやらそうもいかないらしい。君には霊力を御する術を学んでもらわないといけないな。ちょうどいい。私が定期的に通っているところがある。君も来るといい」

「定期的に通っているところ？」

「滝行だ」

「たきぎょう？」

聞きなれない言葉に潤はオウムみたいに聞き返すしかなかった。

「滝の修行と書いて滝行だ。滝に打たれるんだよ」

「おおっ！　なんか修行っぽいですね」

「ぽいじゃなくて、れっきとした修行だ」

落ち込んでいたテンションが一気にあがった。

「今回の交通費と使用料はアフターケアとしてうちで出そう」

交通費はわかるが、使用料とはなんだろう。

「滝行の場所を提供してくれる管理者に払うお金だ」

「え、滝行って使用料が必要なんですか？　どっか山奥の滝に行くだけですよね？」

神秘的な山奥というイメージが、一気に俗っぽいものになる。

「清流ならどこでもいいわけではない。そもそも霊とは関係なく、滝行の最中に流木が落ちてきたらどうするのかね？　そういった危険性を排除し、神社仏閣と同じように常に場を清め、滝周辺を最適な環境に整えた場所がある。維持するには人手も金もかかる」

「へええ。そっか。適当に綺麗そうな滝を浴びるだけじゃだめなんですね」

「その適当に選んだ綺麗そうな滝の上流で、マナーの悪い釣り人が用を足していてもわからんだろう。霊感以前の問題だ」

「う、それは嫌だな……」

「君も見えるからわかると思うが、きちんと祀られた神社の中に悪い霊はいない。あれは神社という場所だけの効力ではない。毎日掃き清め、祈禱をし、場を維持する努力があってこそだ」

「ああ、なるほど。そのためには人手もお金もかかる。修行の場も同じかあ」

そして高橋は霊能者として、定期的にそこに通い、己の穢《けが》れを祓い、修行をする。交通費がかかり使用料もいる。霊能者だからといって空を飛んでいけるわけではないし、鍛錬が不要なわけでもない。滝行一つでもそうなのだ。

アスリートと同じで、プロの技量を維持するためにお金と時間をかけている。思った以上にいろんなところにお金がかかる職業なのだなと思った。

「泊まりになるが、週末はあいているかね？」

「あ、はい、大丈夫です！」

「では今日の用件はおしまいだ。帰っていいぞ」

客商売として、この冷たさは少しばかり疑問だった。

2

「いい滝行ってまさか北アルプスのあそこ？　あとこれ高すぎない？」

明細書の金額の高さに唸っていたハルトが、顔をあげた。後半は高橋に問いかけている。待ち合わせの日に事務所に行ったら、たまたまハルトがやってきていて、また自分の手に負えない案件を高橋に押し付け、もとい、相談していた。

「妥当な値段だ」

「妥当かなあ、高すぎないかなあ……。あっ潤君、健一と滝行行くんだって？　やめたほうがいいよ。あそこは素人が行くには過酷すぎる。いまの時期はまだ雪解け水でかなりつらいよ」

ハルトは青ざめた顔で説明する。なにやらとても実感がこもっていた。ただ、青い顔の原因は滝行の経験を思い出してなのか、高額の明細書を突きつけられているからなのかは判断に迷うところだ。

「過酷なのはあたりまえだろう。それだけ心身ともに鍛えられる」

高橋は平然と言うが、雪解け水と聞いた潤は一気に及び腰になった。

「雪解け水って、かなり冷たいんじゃ？」

「温かい雪解け水があったらおかしいだろう」

何を言っているのかという目で見られる。

「寒中水泳と思えば大丈夫だ」

「いや、健一、寒中水泳って普通、大丈夫じゃないよ？　あ、水泳で思い出した。潤君、ゴーグル持ってきた？　あと水着」

「え？　持ってきてないけど？」

水着はなんとなくわからないでもないが、なぜゴーグルなのだろう。

「滝行では白装束を着るんだよ。そして白装束は水に透けちゃう。だから女性は水着に着替えるのが普通だし、男性も周りに配慮するなら水着のほうがいいよね。僕みたいな男ならともかく、おっさんのパンツが透けてたら軽くセクハラでしょ。ま、潤君ならいいかもだけど、トランクスだと水流で脱げちゃうこともあるよ。潤君はトランクス派？　ブリーフ派？」

「ボクサーですけど脱げたらどうしよう……。って、あの、ゴーグルは？」

「水流が強くて目を開けていられないからね。初心者はゴーグルをつけたほうがいいんだ」

トランクスを脱がし目を開けていられないほどの勢いで落ちてくる雪解け水。聞いているだけで心臓麻痺を起こしそうだ。

「健一、ちゃんと説明したのか？　素人の男の子にいきなりあそこは、荒療治すぎるって」

「しかし三田村君は多少荒療治でも、霊力を制御する術を身に着けたほうがいい。いつまたタチの悪い霊に取り憑かれて、命を危険にさらさないとも限らない」

無情な現実を突きつける。

「でも、ほら、高橋さんにもらったお守りもありますし。これ効果ばっちりですよ」

いまや肌身離さず持っているお守りを印籠のようにかかげた。暗に厳しい修行はしなくても大丈夫だと言いたかった。せめてもう少し暖かくなってからにしたい。

「あ、それ高いやつじゃないか。潤君、奮発したね」

黒いお守り袋を見たハルトが驚く。

「え？　高いんですか、これ。高橋さんからもらったんですけど……」

「ええ？　20万をタダでもらったの？」

なんだよそれずるいそれなら俺の依頼も安くしてくれという感情を隠しもしないハルトに、高橋が説明する。

「私のミスのフォローだ」

「これ20万もするんですか……」

気軽に首にかけていたが、これからは紐を二重、いや三重にしようと思った。

「しかしいつまでもお守りに頼っていてはいけない。身を守る術を学ぶ必要がある。だから修行が必要なのだ。君自身を鍛えれば、お守りだけに頼らなくてすむ。本来は何年もかけて修行をするのだが、そんな悠長なことを言っていられないだろう」

「おい、健一。物事を急ぎすぎてもよくないぞ。おまえは正解がわかるから最短距離を行けるだろうし、行きたがるのもわかるけど、誰もついてこれないんじゃ意味はないだろ」

「しかし……」

「自分ができることは人もできてあたりまえ、って考え方はよくないぞ。おまえみたいに実力があるやつは陥りがちだけど、独りよがりでクライアントに無理をさせることにつながる。今回のミスだってもとを正せばそれなんじゃないのか？」

「むう……」

珍しく高橋のほうが言い負かされている。とてもレアな光景だ。

「ここはもうちょっとハードルを下げよう。うん、これはどうかな。うちで管理している滝行の場所に来るといいよ。少なくとも健一が行ってるような、年に何人か心臓麻痺を起こしているような場所じゃないから。首都圏に近くて日帰りできる。長く険しい山道もない。安全第一、初心者子供お年寄り大歓迎。ロッカールームもシャワーも冷暖房付き休憩所も完備。今は新緑が綺麗だよ」

「あ、いいですね。そこにしませんか？」

祈るような気持ちで高橋を見る。露骨なため息をつかれたが、

「まあいいだろう」

としぶしぶ承知した。

「それがいい、ついでにこれももっと安くしよう」

明細書を片手にハルトは便乗してきたが、

「嫌なら自分で解決しろ」

と冷たくはねのけられた。

3

ハルトが管理しているという滝行の場所は風光明媚な山中にあった。安心安全というハルトの言葉に嘘はなかった。

都心からでも日帰りで行ける距離にあり、車で山の中腹まで進むことができ、そこ

から徒歩五分の場所に滝はあった。

「本来は滝に向かう山の道程も修行の一つなんだが……」

高橋はやはり不満そうだ。

滝に向かう途中、すれ違う車が多かった。いまは滝のそばの建物の中だが、その窓からは滝行に向かう人たちがたくさん見える。

「大勢いますね」

「僕のところの滝行はいつも予約でいっぱいだからね。三ヶ月先まで埋まってるから、僕専用の貸切タイムを今回は使ったよ」

「ハルトさんもここで修行してるんですか？」

「一般の人に僕の名前で宣伝しておいて、僕は別の場所、なんてインチキはしないよ。ここは場所は最高。水質も最高。僕も昔からここで鍛錬をしてるのさ」

タレントがＣＭで宣伝している商品を実際使っていることはほとんどないと聞いたことがあるので、そこは素直にハルトに感心した。

レンタルの水着を貸してもらい、白装束を着ると、気分が盛り上がってきた。ゴーグル片手にいざ出陣と高橋とハルトと一緒に滝に向かう。

向かう先の滝から何か白いもやのようなものが見える。激しい水しぶきかと思ったがそうではないようだ。やがてもやの正体を目の当たりにして、潤はしばし絶句した。

「……あの、滝から湯気が出ているんですけど」

「温水だからね。湯気も出るよ」

「え、温水？」

「冷たい水はキツイでしょ。だからうちの滝の水は温めてある」

「温水で効果あるんですか？」

高橋は目をそらして言う。

「ゼロではない」

「滝行に必要なのは安全で清らかな場所、清らかな水。うちは清らかなお湯だけどね」

清らかなお湯など人生初耳だ。これからもここ以外で聞くことはなさそうだ。

「あ、水量はどうする？」

「す、水量？」

「強、中、弱とあるけど、やっぱり初心者だしここは弱かな」

高橋を見る。目をそらされた。今度は完全に無言だ。

「さあて、はりきっていこうか」

ハルトだけが元気いっぱいだった。

たとえ温水でも、水量が弱でも、滝行は厳しかった――。という感想になるのを心のどこかで期待していた。しかし現実は厳しかった。否、ぬるかった。

ハルトの滝行は端的に言えば、ちょっとぬるい打たせ湯のある温泉に入った気分だ。効果のほどは怪しかったが、それでもやらないよりはましだと高橋は言ってくれた。ちゃんと管理されているだけあって霊場としてはそれなりにいい場所らしい。

滝行を終えるとロッカールームの奥にある応接室に通された。

「実は、二人に協力してほしいことがあるんだ」

ハルトは改まって話を切り出した。

「この前の明細書は負けないぞ」

高橋は釘を刺す。

「違う！　ええと、うちの滝行は気軽に来れるけど、それでも関東の人じゃないと来づらいし、土日は予約でいっぱいだ。なんとか誰にでも気楽に滝行ができないかと考えてね」

「滝行の場所を増やすんですか？」

　行き来している人の数を思い出す。確かにここではいっぱいいっぱいといった感じだ。

「いやいや。僕が考えたのはもっと簡単な方法だよ。滝行の革命と言ってもいい」

　ハルトは脇においてある段ボール箱を開けると、中から三十センチ四方くらいの箱を取り出した。

「じゃじゃーん、ご自宅滝行セット。なんと税込み９８００円！」

「ご自宅……」

「滝行セットだと？」

　違和感しかない言葉の組み合わせにとまどう潤と高橋をよそに、ハルトは上機嫌で箱を開け始める。

「これは自宅の浴室で気軽に滝行ができるセットなんだ。シャワーヘッドに取り付けて使うってわけ」

　出てきたのはシャワーヘッドと白い円形の何か。

「この商品のミソはここ。ワンタッチで装着できるカートリッジ式清めの塩アーンドカートリッジ式清めのお札！」

「ワンタッチ……」

「カートリッジ式……」

またもや聞きなれない単語の組み合わせだ。

「そう。このご自宅滝行シャワーヘッドに二つまでセットできる。塩やお清めのお札以外にもいろいろセットできる。心願成就とか商売繁盛とか病気平癒とか。ご祈禱にある四文字熟語的なものは一通りそろえるつもり。組み合わせは自由自在。他にもとある教会と交渉中なんだけどね、カートリッジ式聖水も検討中」

親指を立ててみせる笑顔の歯が無駄に白く光る。

「あ、塩は風呂釜や配管をいためるから嫌だって人もいるからね、塩の濃度はかなり薄くしてあるよ。そこも安心」

肝心の塩の濃度を薄めてしまったら効果も薄まるのではないか。別の不安が増すばかりだ。

「本気でそんなもので商売するつもりか」

「もちろん。効能はちゃんとあるよ。インチキ商品じゃないからね。本物の滝に比べたら効果は薄いけど、それでも当社比三五パーセントの効果は期待できる。三日やれば一回分。自宅でできる利便性を考えたら充分じゃない」

「当社比って、あの温水滝行？」

すでにハードルが低い。

「大事なのは効果の大きさじゃない。心身を清めようとする心構えだよ。なおかつカートリッジは十回まで使用に耐えて３０００円。一回のコストパフォーマンスはたったの３００円。年に何回行けるかわからない山奥の滝に修行に行くより、自宅でいつでもできる滝行のほうがずっとずっと効果はあるはずだよ。どう？　どう思う？」

「どう思うと聞かれても……」

潤は返事に困った。怪しい通販の商品にしか思えないというのが正直なところだ。隣にいる高橋をうかがい見る。もしかしたらふざけるなと怒り出すかもしれない。

「ふふ、ははははは。まったくおまえは……くくく」

しかし予想外にも高橋は楽しそうに笑い出した。かなりレアな姿だ。少なくとも潤は初めて見る。

「まいったな。こんな発想は俺にはない。おまえが言うとおり多少なりとも効力があるなら、確かに画期的な商品だ。気持ちだけあっても継続は難しい。毎日行うことに意義がある」

「そうそう。ダイエットや運動と同じだよ。明日からやろうとか、億劫だからとか言ってやらないより、毎日ちょっとでも続けたほうがいい。何かと窮屈な現代社会、こういうの使って自宅で簡単にリフレッシュできたらストレスも減ると思うんだ」

「しかしこの値段で利益は出るのか？」

「いやあ、いまのところトントンで利益はほとんどゼロなんだよね。できれば大量生産で低コスト化をはかって、多少なりとも利益は出したいんだけど」

高橋は意外と楽しそうにハルトと話している。まるで似ていない水と油のような二人に見えるが、じつのところ気は合っているのかもしれない。

「というわけで潤君もモニターよろしく」

ご自宅滝行セットと書かれた箱を渡された。ハルトがにこやかに笑っている写真がパッケージにでかでかと印刷されている。「花坂ハルトのハウトゥご自宅滝行ＤＶＤ」までついていた。

「あ、カートリッジは普通の浄水器にしか見えないよ。こういうのに抵抗がある人も多いでしょ。そこもぬかりはないさ。家族には浄水器だと言っておけばいい。ちゃんと浄水機能もついているから嘘じゃない」

「なんかもう、普通の浄水器にしか聞こえないんですけど……」

「いやいや、そんなことないよ。滝行だよ、滝行」

「使ってみたらどうだ？　意外と効果あるかもしれないぞ」

高橋の口の端が笑っている。

「健一！　あるかもしれないじゃなくてあるんだよ！　ちゃんとおまえも使ってみてくれよ」

そう言って、ハルトは机の上に、もう一つ箱を置いた。

4

説明書通りマンションのシャワーヘッドにご自宅滝行セットを取り付けた。

カートリッジは清めの塩と清めの札を差し込み、いざ蛇口をひねる。叔母にはニキビが気になるから浄水器を買ったと説明した。それを聞いた叔母に、

「潤もそういうのが気になる年頃になったのねー」

とからかわれたが、美肌効果があるならと潤より喜んでいた。

「たしかに、ハルトさんの言うことも一理あるなあ。スピリチュアルなことって反対されたり嫌がられたりするけど、浄水器だって言えばすんなり丸く収まる」

よかったらスズ姉にも勧めてみよう。と思ったら、スズのシャワー姿が頭に浮かん

でしまい、慌てて打ち消す。

「煩悩出て行け。修行するんだ。修行、修行。ええと、深呼吸して心を楽にして、まずは五分、ぬるま湯から……」

説明書通りにご自宅滝行セットを使ってみる。当然だが先日行ってきた温水滝行よりもさらにぬるい。これは修行になるのかと疑問だったが、毎日続けるという心構えも大事だと言っていたはずだ。

効果があるに違いないと自分に言い聞かせる。ハウトゥDVDにあったとおり、鼻から息を吸い口から出すを三回繰り返す。流れ落ちるぬるま湯はほんの少しだけしょっぱかった。

継続は力なり。潤は無理やり自分を納得させると、とりあえずカートリッジの効果がなくなるまで続けることにした。

使用開始から三日目の夕方、学校から帰ってくると叔母がタオルで頭をふきながら脱衣室からでてきたところだった。

「ねえこれの替え、もうないの？」

叔母の手にはご自宅滝行セットのカートリッジが握られている。

「え、なんで？」

「これ美容にいいんでしょう？　一日三回使ってたらあっというまに切れちゃったんだけど。この印が出たら交換なのよね？」

叔母が一日三回、自分が一回、もしかしたら叔父も使っているかもしれない。十回分では三日ももたない計算になってしまう。

「でも効果あったかも。肌が十歳は若返って、まるで二十代のようじゃない？」

「十歳若返っても三十代でしょ。あとあんまり変わってないよ」

タオルを投げつけられた。

一つだけ残っていた交換用カートリッジを持って浴室に入る。

「今回はタダでもらったからいいけど、けっこうな出費になるなあ」

叔母さんがすぐに飽きたとしても、三人だから一日で三回分消費することになる。

気を取り直してカートリッジをはめようとするが、なかなかうまくはまらない。

「うわ、作りが甘い。きつくて入らないじゃん」

それでもなんとか無理やりカートリッジをセットしようとすると、嫌な音を立てて、カートリッジは割れてしまった。

「不良品じゃないか……」

これをさらにコストダウン。商品化の道は険しそうに思えた。

第二話

1

幼いころ男の子なら、誰だってヒーローに憧れる。変身ベルトを腰に巻き、必殺技を叫び、かっこつけたポーズをとる。

でもそんなことが許されるのは幼稚園までだ。小学校にあがれば誰もがそんな夢や憧れから遠ざかる。もっと現実が見えてくる。サッカー選手になりたい、野球選手になりたい、中学生のころにはそれもほとんどあきらめがついて、料理人、ミュージシャン、それともユーチューバー？　なんて夢はまだ追ってるかもしれないけど、それだっていつかは覚める夢。ヒーローよりは現実味があるけれど、九九・九九パーセントの人は夢見たものにはなれないまま、さらに現実を突きつけられておしまい。

高校生にもなればもう大人になった自分を見据えるようになる。それともバカやって現実から目をそらしている？

どっちにしても夢はもう見ない。胸の内にそっとしまっておく。

三田村潤もそんな大勢の中の一人だった。つい先日までは。幸か不幸か夢が再起動される出来事がその身に起こってしまうまでは。

霊の記憶が見えるようになった。そして同じく霊が見える高橋健一の仕事ぶりを見てしまった。人も霊も救う鮮やかな手腕は、子供のころの夢を呼び起こすには充分だった。

高橋健一が、仕事場のあるみなとみらいの駅で電車を降りると、すぐさまうしろから潤もついていった。

「おっと」

教科書や参考書が入っているバッグパックが階段の手すりにひっかかったので、慌ててはずす。その間も高橋は潤の様子などまるで気にかけず改札口に向かった。

足早に歩く高橋のあとを潤は小走りでついていった。背の高い高橋と小柄な潤では歩幅がぜんぜん違う。あとを追うのはそれなりに大変だったが、それでも苦痛を感じることなく、潤は犬のようについていく。

「高橋さんは月にどれくらい悪い霊を倒してるんですか？　俺も狼の霊のときみたいに、ずばばって除霊できるようになりたいんですよ。なれますか？　いやなりますよ」

高橋は前を向いたまま歩調も緩めず歩き続ける。潤の言うことなど聞こえていないかのようだ。

「かっこいいですよね。世間に隠れて悪い霊を退治する。なんかヒーローって感じです」

「当事務所は業務内容を世間に明示している」

「ああ、そうか。事務所名がお祓いコンサルタントですもんね。でもなんていうかおっぴらにしてるところが、逆に隠れ蓑になってるっていうか。それって計算ずくですか？　やっぱり考えてることが他の人と違うっていうか、発想が一歩も二歩も先にいってるなあ」

まくしたてる潤に返事をすることはない。一方的に潤が喋っていると、いつのまにかお祓いコンサルタントの事務所にたどり着いていた。

「ところで弟子の件、そろそろ考えてくれませんか？」

「ない。客でないのなら帰りたまえ」

目の前でドアを閉められた。


高橋が夕食に外に出ると、どこからともなく潤が現れた。無視してそのままタイ料理の店に入る。潤も続いて中に入り、高橋の向かいに座った。

「ここって高橋さんの行きつけの店ですか？　あ、それとももしかして」

声をひそめて言う。

「悪霊がいるとか？」

「ただの夕食だ。席は他にも空いているぞ」

「なに言ってるんですか。別々に座ったら話できないでしょ」

高橋は短く嘆息すると、パッタイのセットを一人分注文する。潤は一番安いコーラと生春巻きのセットを頼んだ。

「ところで弟子の件考えてもらえました？」

「ない」

「いやいや、即答しないで、俺の今日の活躍を聞いてくださいよ。困っていた霊を三人助けて、あれ？　霊って三人って数え方でいいんですかね？　柱、じゃないですよね、まだ成仏してないし」

「……助けた？」

「あ、もちろん、記憶を読んだりはしてないですよ？　むやみにさわるなって高橋さんの言いつけは守ってますよ？　霊の佇《たたず》まいから、こう、なんとなーく察したんです」

首にかけているお守りを出し、高橋に見せる。

「これ、ちゃんとつけてますから。危ないこともしてません。毎日修行もしてるし。塩シャワーに、早寝して朝日を浴びること、仏壇にも毎朝お線香あげて、部屋の掃除は……毎日してます」

掃除は本当は三日おきくらいだし、夜更かしもしているが、それは黙っておく。

「とにかく駄目だ」

「まだ駄目ですか。弟子になる道は険しいな。あ、それ一つもらっていいですか？ うわっ、辛っ！ 俺、辛いの苦手なんですよ」

あきれた高橋の眼差しを受けて、勘違いした潤は自分の皿を高橋の前に差し出した。

「すみません、高橋さんの好物でした？ 俺の春巻きも一つ、いや、二つ食べてください、師匠」

高橋は潤の春巻きには手をつけず、食べ終わると自分の会計をすませ何も言わず席を立った。

夜に高橋の電話に留守電を入れるのは、もはや日課となっていた。

「もしもし三田村潤です。今日もお疲れさまでした。あ、もしかしたらまだ仕事中ですか？　だとしたらがんばってください。それでですね、弟子入りの件、考えてもらえましたか？　きっと役に立つと思うんですよ。俺って若いしやる気あるしガッツあるし度胸あるし、それにああ、ええと若いし。連絡待ってます。もしかして俺の連絡先なくしたかもしれないから電話番号言っておきますね。XXX－XXXX－XXXXです。連絡待ってまーす。夜中でもいいですよ。あ、それと……」

留守電の録音時間がオーバーしてしまい切れてしまった。

そんな調子で、一ヶ月間、潤は高橋にまとわりついた。

初めて高橋の事務所を訪ねたのは五月。新緑がまぶしかった、みなとみらいのけやき並木は、梅雨の雨にその青さを増していた。

2

その日も潤は高橋の事務所があるビルまでやってきた。はずせない学校の用事がある日と高橋の事務所の休日以外は通い詰めである。叔母には友人の部活を手伝うことになったとごまかし、彼女ができたわけじゃないのかとがっかりされたが、ともかく。いまでは高橋がよく通うカフェやそこで注文するコーヒーの好みもわかる程度になっていた。ストーカー一歩手前だ。

「さあて今日もはりきって弟子入り志願しますか。あと少し、あと一押しなんだよな。やあ潤君、よく来たね。じつは君の覚悟を試していたんだ。この一ヶ月よく耐えてくれた。合格だ。君には弟子になる資格がある。いやぜひ弟子になってくれ。もちろんです高橋さん。一緒に社会に巣くう巨悪を倒しましょう。そして固い握手。なーんてなるかもしれないなあ」

一人ぶつぶつ喋りながら、潤は慣れた足取りでお祓いコンサルタントの事務所を目指す。

事務所のドアを前に、ノックをしようとして一瞬躊躇した。

「待てよ。毎回同じアプローチじゃまた断られるかもしれないな。高橋さんだって、いまさら弟子にするなんて言いにくいだろうし、ここは変化をつけて登場したほうが、話のきっかけがいつもと違って弟子にするって言いやすいかも。できればサプライズが欲しい。特殊部隊みたいにロープで下りてきて窓を突き破って突入するとか。でもガラス代弁償させられそうか。うーん」

ドアの前で腕組みをして考えていると、中から話し声が聞こえてきた。

「350万！　高すぎる！　暴利だろ！」

高橋の声ではない。成人男性の声だ。驚いた潤はそっとドアに耳を押し当てた。盗み聞きするつもりはなかったが、中の様子は気になった。

「調査の結果、このようになった。暴利かどうかは明細書を見ていただきたい」

思わずすくみ上がりそうな怒声を前にしても、高橋の声は冷静沈着のままだ。

「見るまでもない。まともなところで開業してるから少しはマシかと思ったが、やっぱりインチキ詐欺のたぐいか！」

「インチキじゃねえよ！　見る目ねえやつだな」

ドアの外で憤慨する潤。一ヶ月前に自分が似たようなことを言っていたのは完全に記憶から消去されていた。

いますぐドアを開けて高橋に加勢すべきかどうか迷ったが、ここでしゃしゃり出るとかえって迷惑になるかもしれない、と迷うくらいの分別はあった。

「ふん、誰がこんなところに頼むものか！」

怒声が近づきドアが勢いよく開いた。完全にふいをつかれた潤の顔面にドアが容赦なく激突する。

視界に火花が散って、よたよたとよろけてそのまま床に倒れてしまう。後頭部をしたたかに床に打ってしまい、頭がくらくらした。

視界のすみに、のしのしと肩をいからせ立ち去っていく中年男性らしきうしろ姿が見える。

おい待て。人をドアでぶちのめしておいて、謝罪も何もなしか。叫びたかったが、ろれつがうまくまわらない。床の上をミミズのようにのたうちまわっているのが精いっぱいだ。

「何をしているのかね？」

ようやく痛みが治まって上半身を起こすと、事務所のドアから自分を見下ろしている高橋の姿が目に入った。

「鼻血が出ているぞ」

自分の顔にさわるとぬるっとした感触があった。ドアをぶつけられたからだろう。

「あ、大丈夫です。これくらい平気です」

「平気ではないだろう。出血量が多い。服は血だらけだし、床にずいぶんと垂れている。うちの事務所に悪い噂が立っても困る。簡単な治療ならできるから、よっていきなさい」

「は、はいっ！」

事務所に入る口実ができた。願ったりかなったりだ。あの横暴なおっさんにも感謝したい気持ちでいっぱいだった。

「ほれへ、ひふでひにひてふれるんでふか？」

それでいつ弟子にしてくれるんですか。そう言ったつもりだったが、鼻の穴に綿棒を突っ込まれた状態ではうまく話すことはできなかった。

「何度も言ったはずだ。断る」

しかし高橋には通じていた。

「血が止まるまでここで休んでいくといい」

「床、拭いてきます」

「もう拭いた」

「え、いつの間に」

ドアの外に立っていただけでも不審者なのに、こんな迷惑をかけて、それでも高橋は何も言わないし何も聞かない。ただ淡々と潤の手当てをし、救急箱を取りにいったほんのわずかな時間で床も掃除してきたのか。手際のよさまで淡々としていて、すべてにつけいる隙がない。

そのとき、遠慮がちなノックの音がした。腰を浮かせた高橋を見て、潤は慌てて立ち上がる。

「あ、俺が出ます。座っててください。せめてものお礼です」

もしかしたら先ほどの中年オヤジが心を入れ替えて引き返してきたのかもしれない。ドアをぶつけられたことに文句の一つでも言ってやろうと思ったが、もし心を入れ替えたのなら水に流し、最高の笑顔で出迎えよう。

「いらっしゃいませー」

元気よくドアを開けるとそこに立っていたのはさっきの中年男性ではなかった。ブルーのランドセルをしょった小学生の男の子だった。十歳くらいだろうか。

思いがけない来客にとまどっていると、その子のほうから口をひらいた。

「ここで、お化けを退治してくれるって本当ですか？」

3

「はい、ジュースだよ」

緊張した面持ちで来客用のソファに座っている小学生に、潤は給湯室を勝手に使って入れたジュースを置く。向かいに座っている高橋の前にはお茶を置いた。

テーブルをはさんで向かい合っているだけなのに、少年の体はのけぞって体が深くソファにめり込む。上背のある高橋に気おされる気持ちは潤にもよくわかった。

「何をしている？」

高橋がじろりと睨んでくる。

「何ってお手伝いですよ。あ、お礼はいいですよ。一宿一飯の礼と思ってもらえれば。もちろん基本はおさえてますよ。お茶を出すのは来客から」

「頼んだ覚えはない」

「ですから自主的にです。あと、高橋さん怖すぎます。高校生の俺だって最初すげえビビってたんですよ。相手は子供なんですから、もっと柔らかく。ねえ君、名前はなんて言うの？」

「工藤陽太《くどうようた》です」

「陽太君だね。大丈夫、この人怖そうに見えるけど、怖くないから。あ、ごめん嘘。やっぱり怖い」

「あの……」

潤のおしゃべりで少し気が軽くなったのか、ずっと黙っていた少年——陽太はおそるおそる話し始める。

「ここに頼めばお化けをやっつけてくれるって聞いたんだけど……」

「違う。まずいくつか誤解があるので、解いておこう」

高橋の即答に潤も陽太も驚く。

「第一にやっつけるのではない。成仏、あるいは祓うのを旨としている。ああ、祓うというのはこの場合、追い払うと思っていただいてけっこう。たちの悪い霊であった場合、消滅させることもある。君の言うやっつけるがどれに該当するかわからないが、お化けはみんな悪いもので、とにかくやっつけてしまえ、というものではない」

高橋の返答はいつもどおり堅苦しい。子供相手でも態度は変わらない。

「また、君の言うお化けが人の霊魂などではなく、妖怪、怪異といったものの場合は私の専門外だ。それはまたそれで専門の業種があるのだ。君が怖がっているのが妖怪や怪異ならそちらに依頼したほうがいいだろう」

難しい物言いに、少年はただ目を白黒させるだけだった。

「え、ええと、僕が見えるのは、女の子のお化け……幽霊、だと思います」

ますます自信なさそうに高橋の顔色をうかがいながら答える。潤も固唾を呑んで見守っていた。高橋はすでに潤をこの場から追い出すのをあきらめたようだ。

「続けたまえ」

高橋にうながされて陽太も潤もほっとため息をついて肩の力を抜く。

「高橋さん、だから子供相手に無愛想すぎますってば。さあ、陽太君、このおじさ……お兄さんは怖くないから、続けて」

「僕が通ってる塾に、女の子のお化けがよく出るんだ。それ以外にも、なんか怖い大人の人や、黒っぽい影とかも見えるときがある」

「見えるのはその塾だけかね？　自宅や学校、他の場所で目撃することはあるかね？」

高橋の態度は子供相手でもまったくぶれない。

「塾にだけ出るんだ」

「お父さんやお母さんには言った？」

今度は潤が質問をする。

「言ったよ。でも塾に行きたくないからそんなこと言うんだろうって、ぜんぜん聞いてもらえなかった。先生たちもそんなの見えないって」

目の前に出されたジュースにも手をつけず、男の子はうなだれる。

「そっかあ。それはつらいなあ……。その気持ちわかるよ」

潤は深く同情した。自分もまったく同じ状況だったからだ。子供のころから霊が見えたが、誰も潤の言うことを信じてくれなかった。

「家のタブレットでこっそり調べたんだ。そしたらここが出てきて……」

小学生なりに、ようやく見つけたのだろう。

「大丈夫だよ！　高橋さんは本物の霊能者！　俺も助けてもらったからね」

うつむきがちだった陽太が顔をあげる。潤は自分のことのように自信満々でうなずいて、高橋に向き直った。

「ね？　師匠、なんとかできますよね？」

期待に満ちた眼差しを受けた高橋は、

「君に師匠と呼ばれる筋合いはないのだが」

冷たくはねのける。

「もちろん、霊障は取り除くつもりだ。工藤君、いくつか質問したい。いいかね？」

「はい」

「霊を最初に見たのは？　霊は何か君に働きかけてきたりするか？　それとも姿が見えるだけか？　声が聞こえたり話しかけてきたりするかね？」

「幼稚園くらいの小さい女の子で、ぬいぐるみ持ってて、髪が長くて……」

それからしばらく高橋と陽太の質疑応答が続く。場所や霊の詳しい容姿、状況等だ。

「うむ。おおむねわかった。さて、いまの君の状況をざっと査定したところ、お化けを退治する値段だが、20万円ほどだ」

「えええ？」

叫ぶ潤と、

「……はい？」

と言ったきり黙る陽太。

「なんだ？　ちゃんと陽太君にわかりやすく、お化けを退治する値段、と言ったぞ」

「高橋さん、そこじゃなく！　20万円って。相手は子供ですよ。いくらなんでも20万はぼった……お高くないですかね？」

「私は慈善事業で行っているわけではない。妥当な値段を提示しただけだ」

「20万が妥当って……。子供料金の設定はないんですか？」

「そんなものはない。そもそも安い子供料金には他の理由がある。医療費ならば地方から助成金が出ている。残念だが除霊に助成金は出ない」

「このまま行った国立科学博物館はタダでしたよ」

「教育の一環だからだ。あれも運営の一部は税金で賄われている。それに子供だから大変という場合もある。たとえば手術では大人よりも体力が少なく、より迅速さと繊細さを求められる。骨格や臓器が未成熟で血管も細い子供のほうが、技術的にも大変なくらいだ」

「じゃあ除霊も子供のほうが大変だっていうんですか？」

「ケースバイケースだがね。今回のケースは霊感の強い子供、しかも相手の霊も子供だ。呼び合う力が強いことは充分考えられる。いま、わかる範囲でも霊障は大きい」

「せめて最低料金を……」

「最低料金だ」

にべもない。

「……僕、そんなお金払えません。パパもママも、信じてくれないのに出してくれるわけないし……」

何を言っても高橋の態度と値段は頑なに変わらなかった。

「ぼ、僕、帰ります……」

陽太はいまにも泣きそうな顔で事務所を出て行った。その落胆した背中を見送った潤は、思わず高橋にくってかかった。

「ちょっと、いまの出て行く子供の姿見て、何も思わないんですか!? もっとこう、やりようっていうか、あるでしょう」

「子供だからといってタダでやれと？　それでは金が払えないという大人にも同じことをしなければ筋が通らない」

「でも20万って……。俺がやれるところは、タダでいいから」

「価格の九割を占めるのは、お守りの値段だ。君がしているのと同じものだ。君ができることはないし、そもそも任せる筋合いもない」

「うっ……。だとしてもお守りがどうしてそんなに高いんだよ？　お寺や神社で数百円で売ってるのに」

「食事にも数百円から数万の幅がある。車なら数十万から数億。何事にもピンキリはある。これは高僧が三日三晩、不眠不休で祈禱を続け、霊力を込めたものだ。文字通り命を削る作業で、年に十数個作るのがやっとだ。これで一つ20万は安い部類だと思うがね。寺や神社の祈禱でもらうお札でさえ、３０００円から５０００円はする。十五分程度の祈禱を何十人分もいっぺんに行っているのにだ。それにくらべて君はまだ高いと言うか？」

「でも、そういう偉いお坊さんとかが、困っている人にタダであげたりすることもあるよね？」

「ごくまれにそういう奇特な人物もいる。寄付を募ると数百万から数億という高額をポンと出す人物がいるようにな。そういう幸運もある。しかしそれを日常的な業務として行えば、先に待っているのは破滅だ。経済的に立ち行かなくなるか、体を壊す。善意のみで行動しても短命に終わる。もっと先を見据えて行動すれば、さらに大勢を助けられたはずだ。自己満足の善意など無意味だ」

後半の言葉はまるで吐き捨てるようだった。高橋が感情を見せるのは珍しかった。

「なんだよ。そこまで悪く言わなくても……」

「子供の理屈で語られても困ると言っているのだ」

それでも子供をそのまま見捨てておけというのは、潤はどうしても納得できなかった。

「でも、親は絶対信じませんよ。親が出してくれなければ子供はどうしようもないじゃないっすか。お金だってバイトでなんとかできるとか、そういう歳じゃないんだから……」

「これは商売だ。慈善事業でもなければ、君の言うような正義の味方ごっこでもない。依頼料が払えないなら客ではない。それとも何か？　子供には無料でやって私に破産しろと言うのか？　君は何か勘違いをしているな。いいか、ここは君の浅慮な正義感を満たすところではない。ビジネスの場だ。それもわからず何が弟子にしてほしいだ」

いつになく厳しい言葉を投げつけられた。

「はっきり言おう。君にまとわりつかれると迷惑なんだ。二度と来ないでくれ」

厳しい眼差しが真っすぐ潤に向けられた。

「あ、でも、その、俺の覚悟を試しているとか……」

「君のアフターケアはとっくに終わっている。狼の件で責任を感じていたから、多少大目に見ていたが、勘違いさせただけのようだ。もう一度言うぞ。もうここには来るな」

何を言っても高橋の視線は揺るがない。気おされた潤の口からいつしか言葉は消えてしまった。

「帰りたまえ」

まるで絶縁状を突きつけるような冷たい言い方だ。

うしろに下がるとちゃんと閉まっていなかったドアが開いて、よろけるように事務所の外に出てしまった。

慌てて振り返ると、高橋がドアを閉めるところだった。手を伸ばしても届かず、間に合うはずもなく、高橋の姿はバタンと音を立てて閉められたドアの向こうに消えてしまった。

4

「俺、迷惑だったのかなあ」

一週間後、高橋のオフィスが見えるTSUTAYAの中のスタバで、一番安いコーヒーを飲みながら、潤はうなだれていた。さすがにこの一週間、高橋の前には出ていない。よくよく考えてみれば、いやよく考えなくても、自分がとても迷惑なことを高橋にしていたことに気づく。

「うわあ……、やっちまったあ……」

いまさらながら自分のやっていたことが恥ずかしくなる。しかし我を忘れるくらい高橋が見せた除霊は強烈で、潤の胸に深く突き刺さっていたのだ。

「でも、子供相手にあんな言い方しなくても。やっぱ冷たいよなあ……」

言うことはもっともだ。子供だから、お金がないから、と忖度《そんたく》していたら逆に不公平というものだろう。能力があるのだからタダでやってくれ、というのが無茶だというのもわかっているつもりだ。高橋がそれを生業としている以上、どこかで線は引かなければいけない。納得はしている。しているつもりだ。正論すぎてぐうの音も出ない。

「帰るか……」

先週までの軽い足取りとはうって変わって重たい足取りで駅に向かい電車に乗った。運よく席が空いていたので座る。

「はあ……」

自然とため息が出た。ただし自分だけではない。もう一つのため息は隣から聞こえてきた。

見覚えのある小学生が隣に座っていた。青いランドセルを胸に抱えている。先週、高橋の事務所を訪ねてきた小学生だ。

「あ、君は……」

「お兄ちゃん、あのときの……」

おたがい同時にため息をついたことに苦笑する。

「……これから塾なんだ。行きたくない」

陽太は暗い顔で言う。

「どうして他の人には見えないんだろう。僕のほうを見てるんだ。ずっと。すごく怖いのに。何度言っても、パパもママも信じてくれない……」

暗い瞳が、じっと下に向けられている。強張った体はかすかにふるえていた。

「俺、一緒に塾に行こうか？」

ほとんど意識せずに口から出た言葉だ。

「本当に⁉」

陽太の表情が明るくなった。その顔を見ながら、潤は頭の中で何かがつながりそうなのを感じた。

「そうか。そうだよ！」

陽太の問題を解決すれば高橋は見直してくれるかもしれない。子供も救えて自分は弟子になれて、一石二鳥だ。なんて妙案。

「お兄ちゃんは信じてくれるの？　本当に一緒に行ってくれる？」

陽太の笑顔を初めて見た。心強さだけではない。他の誰かが幽霊を信じてくれるだけでもどれだけ救われることか。

「おお、お兄ちゃんに任せろ！」

潤は胸を叩いて安請け合いをした。

「ここが幽霊の出るビル？」

関内《かんない》の駅で電車を降り、五分ほど歩いたところに、塾の入っているビルがあった。幽霊が出るような古いビルには見えなかった。新しくてオシャレな外観だ。

ここで幽霊が出ると言っても信じてくれる人はなかなかいないだろう。

エントランスにあるテナントのリストには、陽太が通っている大手進学塾の名前も入っている。そのリストを見ていて、潤はふと首をかしげることになった。テナントリストに空白が目立つ。外観も立地条件もいいのになぜだろう。ＡＯＩビルと名前が書いてある案内板もまだまだ新しい。ＩＴ関係の設備が整っていないとか、そういうふうにも見えない。

「人気出そうなビルだけどなあ」

思い当たる可能性は一つしかない。

――幽霊が出るから？

陽太が潤の手をぎゅっと握ってきた。怯えているのがよくわかる。塾に行きたくないくらいでこんなふうにはならないだろう。

しかしいまの潤にはそこまで恐ろしい霊の存在は感じられなかった。

――あっ、うっかりしてた。

高橋からもらったお守りを首から下げている。これのおかげであからさまな悪霊には会わなくなった。

「肌身離さずって言われてるけどな……」

霊の記憶を見る力で何かできるかもと思いながらも、いままで高橋の言いつけを守っていたのはやはり本能的に危険を感じていたからだ。

隣を見るとビルを見て青ざめている陽太の姿があった。

「なんだ、迷う必要ないじゃないか」

潤は吹っ切れた顔で陽太にお守りを差し出す。

「これ預かってくれるか？」

「いいけど……」

なぜこんなものをと不審がる陽太の顔は、お守りを手にしたとたん見る間に驚きと喜びへと変わった。きっと劇的にビルの様子が変わっていったのだろう。

「これなんなの？　ビルから嫌な感じが消えた」

「それはな、お化けをおっぱらうお守り」

うんうんと笑顔でうなずきながら、じつは背中に冷汗がたっぷり流れていた。

陽太に悟られないように笑顔でいたが、自分でもわかるくらい表情は引きつっている。先ほどまでなんの変哲もなかったビルが、見る間に重苦しい嫌なものに様変わりした。まるで別の建物が目の前に現れたようだ。

——やばい。渡したの失敗だったかも。

霊が見えるのが十六年間日常だった自分でも、いま目の前にあるビルを見たら足がすくんだ。

まずビルのまわりに見える霊の数が異様に多い。視界に収まる範囲でも何十人、それとも何十体？　形をとどめていないものも入れれば、もっと多いだろう。外から見えるだけでそうなのだ。中にはどれだけいるのか。そのどれもが強い負の感情を撒き散らしていた。このビルにだけ強く引き寄せられ集まっている。どう見ても尋常ではない。

「い、いつまで預かってればいいの？」

期待と不安が入り混じった表情で陽太が問うてきた。これを返せば、また幽霊に怯える日々に戻ってしまう。瞳の中にすがるような感情が見える。

——簡単なことじゃないか。なにビビってんだ、俺は。

怖気づいた自分の気持ちに活を入れる。

「返さなくていいよ。それは陽太君にしばらく貸してあげるよ」

「本当に！　本当に借りていいの⁉」

「ああ、いいよ。でもなくさないでくれよ。それ一つしかないから」

陽太の表情は、その名の通り太陽のように明るく輝いた。

「塾、行けそうか？」

「うん、大丈夫！」

陽太は明るく返事をした。駆け出していくうしろ姿を手を振って見送り、陽太の姿が見えなくなると、なんとか笑顔を保っていた潤の表情は一瞬にして曇る。

見れば見るほどビルを覆う霊気は異様だ。潤がビルの前で立ち尽くしている間も何人もの子供がビルの中に入っていった。みんな陽太と似たような年頃だ。

「ねえ早く行こうよ。幽霊なんて出ないって」

「う、うん……」

子供たちのそんな会話が聞こえてくる。陽太だけではない。霊を見て怖がっている子供は他にもいるようだった。

——陽太君にお守りを渡して、はいおしまいってわけにはいかないよなあ。

何が起こっているのかこの目で確かめる。そして解決する。子供たちが霊で怖がる必要はなくなり、自分も高橋に認められ、みんなハッピーエンド。

ただ高橋が高額を提示した案件だ。簡単に解決できるわけがない。

「俺って逆境に燃えるタイプなんだよね」

半分以上はつよがりだ。ただこれくらいヤバそうな案件を解決できるくらいでないと、高橋を納得させるのは無理だろう。

「よし、行くか！」

威勢よく言ったものの、ビルのエントランスで躊躇すること数分。何度か深呼吸をして、準備運動が必要だと霊とは関係ない理由をつけ、軽く体を動かす。それでもビルの中に入れず、まずは地形を把握しようとビルの周辺を見て回って、さらにもしかしたら今日は日が悪いかもしれないと検討してみた末に、ようやく覚悟を決めて、ビルの中に足を踏み入れた。

エントランスからすでに何体もの霊が近づいてきた。潤が見える人間であることに気づいているのだろう。どれも強い恨みや未練を残した霊ばかりだ。こちら側に取り込まんと潤に手を伸ばしてくる。

――さわらないよ、さわらないから。言いたいことがあっても、いまは聞いてる場合じゃないから。

何度も心の中で繰り返す。眼前の霊には焦点を合わせず、その先を見る。無視してビル内を突き進む。平静を装うのが精いっぱいだ。

そもそもどうやって解決するんだ、などという根本的かつ基本的なことを、いまになって思いついた。

悪霊退散、と叫べば霊は消えてくれるのか。それ以前にどれが一番悪い悪霊なのか。いままでなんとなくヤバそうな霊には近寄らなかった。ラーメン屋でヤクザっぽい人の隣に座らないのと同じように。ただそれはあくまでそう見えたというだけで、本当は見た目が怖いだけの気のいいオッサンかもしれない。生きている人間でもそうなのだ。悪霊っぽい霊と本当の悪霊は違うだろう。その違いすら潤にはわからなかった。

――ひよこの雌雄見分けるのだって資格いるんだしなあ。霊の見分け方はどこで教えてくれるんだろう。ひよこ鑑定師は狭き門と聞いたことがあるけれど。そういえば肛門で見分けるんだっけ。

別に潤は能天気にひよこのことを考えていたわけではない。意識を別のところにもっていかないと耐えられそうにないから、目の前の状況と無関係でなおかつ和みそうなことを考えていた。

やがて霊たちは潤に興味をなくしたのか、目の前からいなくなった。ほっとしたのもつかのま、霊が消えた目の前に中年の男性の姿があった。

「うわあああっ！」

「ぎゃあああっ！」

潤の驚きの悲鳴に中年男性も驚いて悲鳴をあげた。その悲鳴にさらに悲鳴をあげる潤。悲鳴の悪循環がしばらく続いた。

「な、な、なんだ貴様は！」

喉を嗄らした中年男性が太い指を潤に突きつけた。

「す、すみません……」

謝りながら、どこかで見たことがあるおっさんだなと首をかしげていた。あと喉が痛い。

「ふん、これだから最近の若いもんは……」

まるでテンプレのようなセリフを吐き捨てて、中年男性は背を向けて立ち去ろうとする。その背を見て閃くものがあった。

「あっ、あのとき俺にドアをぶつけてくれやがったおっさん……」

高橋に高額を提示されて怒って帰った客の一人だ。

「ええと名前はたしか……」

しばらく考えてそういえば聞いていないことに思い当たる。

「俺は重野《しげの》英介《えいすけ》だが、どこかで会ったか？」

中年男性——重野は怪訝な顔をしていた。潤の顔をまじまじと無遠慮に見てくるが、思い出せないようだ。それも当然と言えば当然だ。直接会ったわけではないし、ドアにぶつかって倒れた潤に気づいている様子もなかった。

「先週、重野さんが行ったみなとみらいにあるお祓いコンサルタントの事務所で……僕はそこでで助手をしているというか……ええと……」

「なんだ、あのインチキ事務所の関係者か？　なんでもいいが気をつけてくれよ。ところかまわず叫ぶな」

関係者ではないがあえて否定はしない。おっさんが勝手に勘違いしただけだ。お祓いコンサルタントの関係者だと思って何かぽろっと喋ってくれるかもしれないが、それはおっさんが勝手に喋ったことで自分は悪くない。

「いやあ、すみませ……」

頭を下げる途中で潤の体は恐怖のあまり凍り付いた。

重野のうしろには五、六歳のぬいぐるみを持った女の子が立っていた。うしろからじっとこちらを見ていた。

背筋が凍り付く。いままで感じていた恐怖がすべて吹き飛ぶくらいヤバいと感じた。

悪霊の見分け方は、少なくともひよこの雌雄を見分けるよりは簡単だと思い知った。

その女の子こそ悪霊と呼ばれるものだった。

5

──まさかこの子が……。

陽太の言っていた女の子だろうか。歳や外見は聞いていた女の子と同じだ。長い髪、右手にうさぎのぬいぐるみを持っている。

しかし幼い女の子らしい可愛らしさは皆無だ。まとっている雰囲気は、どす黒く、負の感情が渦巻いている。

小さく口が動いている。何か喋っているようだった。何を話しているのかは聞こえない。今まで潤は霊の声を聞いたことはない。

しかし何を言っているかはわかった。真っ黒に塗りつぶされた重い思念が直接、潤の心の中に入ってくる。

出して。出して。

怨嗟の声だ。何度も何度も同じ言葉を繰り返している。

出して、出して、出して、出して。

視線が合うだけで卒倒しそうだ。幸い女の子の霊が潤を見たのは数秒だけで、それ以外は重野の背中を見ていた。いや、見ている、などというなまやさしいものではない。睨んでいる。深い憎しみがこもった眼差しだ。

――なんだ？　このおっさんを恨んでいるのか？

霊が見えない重野は、潤の様子がおかしいことをいぶかしんでいる。

「君はなんで俺のビルに来たんだ？……どうした？　顔が真っ青だな。大丈夫か？」

「だ、大丈夫。うん……」

「なんにしても、あんたのところに頼む気はないからな。もう別のつてを見つけた」

「別のつて？」

女の子から目が離せないまま、それでも気になることを重野が言ったので問い返す。

「高名な霊能者に頼めたからな。しかも料金はずっと安い15万だ。今日これから、さっそく来てくれるんだよ。あんたのところの悪徳ぼったくり霊能者によく言っておけ。欲のかきすぎはよくないってな」

そう言って高笑いをする重野。ここまで見事に高笑いする人をいままで見たことがない。少しだけ場の気配が緩くなる。それでも女の子の霊を見ると思わず息をのんでしまう。少しだけ和んだ雰囲気など、あっさりと吹き飛ばされる。

　重野がエントランスから外に向かうと、ぬいぐるみをひきずりながら女の子もついていく。しかし重野が外に出たところで背後に取り憑いていた女の子は立ち止まった。恨みがましい眼差しをじっと重野の背中に向けていたが、やがてエントランスの脇あたりですっと消えてしまった。

　女の子が消えた瞬間、潤は崩れるようにその場にしゃがみ込んでしまう。聞こえないはずの女の子の声がまだ耳の奥に残っている。

「な、なんなんだ、あれ？」

　女の子はあきらかに重野を恨んでいた。出してと何度も繰り返していた。二人の間に何があったのだろうか。小さな女の子の霊が中年男性を恨んでいる理由を考えると、霊とは違う生々しい想像が浮かんでしまい怖くなった。

6

「しかし遅いなあ。もう来るころなんだが」

　重野が外で待っていると、急いでビルに入っていく何人もの元気な子供の姿とすれ違う。塾の生徒できっと遅刻しそうなのだろう。慌てている雰囲気は無邪気で微笑ましい。さっきの消えた悪霊の女の子とはまるで違う。

脇を抜けていく子供の姿を、重野が一瞬だけ見る。夕陽が逆光になりあまりよく見えなかったが、表情が険しくなっているように思えた。

「おい、こら！　走るな！」

重野は思いのほかきつい口調で子供に注意をした。

「まったく、何度言ったらわかるんだ！」

「ご、ごめんなさい」

驚いた子供は泣きそうな顔で謝ると、意気消沈した様子でビルの中に入る。

——あまり子供好きじゃないんだな。

その様子を見て潤は思う。声がうるさいとか建物を汚すとか子供に文句を言う人はたくさんいる。

来るはずの霊能者を待っている間の暇つぶしなのか、それとも日課なのか、重野はエントランス前の掃除を始めた。手慣れている様子から見ると日課なのかもしれない。

「あんた、まだいたのか」

途中で手を止めて潤を睨む。重野に睨まれてもドアをぶつけられた恨みもあって、反抗心しか芽生えてこないが、客観的に見れば自分が不審者なのはわかっていた。

「知り合いの子が塾に通ってるんだよ」

なので無難な言い訳を適当に言ってみる。それに嘘ではない。陽太とはお守りを貸した仲だ。

「なんだ送り迎えか」

思った以上に重野の態度が軟化したのでほっとする。

さて高名な霊能者とはいったいどんな人物なのか。いまの重野なら聞いても答えてくれそうな気がしたので、ストレートに尋ねることにした。

「その高名な霊能者って、もうすぐ来るんですか？」

「もう来る時間なんだが……。有名で忙しいから遅れるのかもな」

相手が有名であるというだけでずいぶんと態度が柔らかい。

「へえ、そんなに有名なんだ」

「毎週テレビにも出ている高名な霊能者だ」

「毎週テレビに出ている？」

一人の人物が頭の片隅にちらつく。なぜか急速に高名な霊能者に対する興味が失せていった。

そのとき一台の車が、ＡＯＩビルの前に停車した。車種はポルシェ。真っ白な車体がオレンジ色の西日を反射している。つい最近、ポルシェとBMWを持っているという霊能者に会った気がした。

「こんにちは、AOIビルはここですか？」

車の窓ガラスが開き、サングラスをかけた見覚えのある顔が出てくる。花坂ハルトだ。

「ここです。ここがAOIビルです」

潤に見せる仏頂面とは違って、重野はとってもいい笑顔でハルトの来訪を歓迎した。

「ああ、ではあなたが依頼人の重野さんですか。初めまして、花坂ハルトです」

車から降りると、なぜか軽くポーズをとる。服装はオシャレで、一歩間違えれば滑稽になりかねない首元のスカーフもよく似合っていた。少女漫画なら背景に花々とキラキラトーンが盛大に盛られていそうだ。

「時間に遅れて申し訳ありません。でも玄関先ですぐにお会いできるなんて、幸先いいですね。さっそく行きましょうか」

歩き出そうとするハルトの背に向かって、潤は声をかける。

「ハルトさん、ここ駐禁だよ」

「え？」

ハルトはそこで初めて潤に気づいたようだ。

「え？　もしかして潤君？　わあ、奇遇だね！　滝行以来かな？」

「こんにちは。お久しぶりです。ってか、このあたりは駐禁ですよ。高名な霊能者花坂ハルト、注意されても白昼堂々と駐禁破り。ご自慢のポルシェには派手にこすった傷跡、なんてＳＮＳで炎上しても知らないですよ」

「って言いながら、なんで写真撮ってるの。どこに投稿するつもり？　ちゃんと駐車場に駐めるから、それだけはやめて」

「時間に遅れたのは、ポルシェこすったからですか？」

「近道しようとしたら、細い道ばかりで困ったよ。僕が悪いんじゃないよ。日本の道路事情が悪い」

見事な責任転嫁だ。

「このビル駐車場あります？」

「うちの駐車場はいま満車でして。少し離れたところに有料の駐車場があります。ところでお二人は知り合いなんですか？」

潤はどう説明しようか迷った。被害者と加害者でした？　いやいやそれはあんまりだ。正確ではないし、ハルトの評判を落としてしまう。では霊能者と除霊を失敗された人。正確だがハルトの評判を落としてしまう。いくつか候補を考えたが、何を言ってもハルトの評判を落としてしまう結論にたどり着く。

いやそもそも評判を落としたほうが、自分のような第二第三の犠牲者を増やさなくていいかもしれない。それどころか自分は第六十七番目くらいの犠牲者かもしれない。

「その不審な眼差しで見るのやめて。地味に傷つくから」

芸能人をしているわりにはナイーブな性格をしている。いや霊能者だったか。よけいナイーブだとダメなんじゃなかろうか。

「それでどういう？」

問いかけを無視された形になってしまった重野は、少し笑顔をひきつらせながらも、もう一度問いかけてきた。

ハルトが明るくハキハキ答える。

「僕ら、同業者なんです。この業界、広いようで狭いんですよ」

なるほど、そういう言い方もあったか。しかし霊能者の業界が広いというイメージをもっている人はなかなかいないのではないだろうか。

「あ、そうなんですか。ふうん、芸能人にしては地味な子だなあ」

なぜそちらの同業だと思うのか。お祓いコンサルタント事務所の助手だと名乗ったばかりなのに。いや、そんな地味な潤の自己紹介は、目の前のハルトのキラキラ芸能人オーラで吹き飛んでしまうのは理解できなくはないが。

「では、重野さん、車を駐めてきます。潤君、よかったらいっしょに乗っていってくれる？　このへんの駐車場、狭いでしょ。僕車庫入れ下手だからさ」

かっこいい車の運転席で、かっこ悪いことを堂々と言うハルトはやはり大物だ。潤は素直に車に乗る。

「傷、これ以上増やしたくないんだよね。板金代馬鹿にならないし」

初めて乗るポルシェに緊張していると、情けない口調で心情を吐露してきた。

ハルトが車中だというのに声をひそめて聞いてくる。

「ねえねえ潤君。ぼったくりの悪徳霊能者ってもしかして健一のこと？」

あのおっさんはそんなことを言っていたのか。

「じゃないですか？　俺も詳しく知らないけど、先週、高橋さんの事務所に来てたのはたしかですよ」

さらに小声になって聞いてくる。

「ちなみにあいつ、いくら請求したの？」

こういうのは教えてもいいものなのだろうか。迷った挙句少しぼかして答える。

「たまたま聞こえちゃっただけだからよく覚えてないけど、俺のときの金額よりはずっと高かったよ」

「げっ、マジで？」

「マジです」

難しい顔で考え込んでしまったハルトは、そのまま車を駐車場に駐めた。車庫入れは思ったより上手だった。

車から降りて、潤とハルトはビルに向かって歩き出す。

「ま、くよくよ考えてもしかたない。僕は僕のできることをやろう」

「今日は、テレビの取材じゃないんですか？」

「僕の本職は霊能者だよ。テレビや雑誌の仕事は週に四日しかやってないんだ」

その言い方だと年中無休でも本職のほうが週に三日で少ないのではないだろうか。

「あれはあくまで霊能者のイメージアップ、広告みたいなものだからね」

イメージアップは確かに成功しているかもしれない。重野は期待に満ちた眼差しをハルトに向けていた。

「怪しげなものだと思われている霊能者のイメージを少しでも良くしたい、と思ってるんだ」

朗らかな口調はとても悪霊祓いに来たとは思えない。霊能者や占い師にありがちな、へんに謎めかしたものもない。ネガティブな気持ちになっている依頼者も安心する笑顔だった。

——病は気から、というようなことは霊にも当てはまる。明るい気持ちでいるだけで取り憑かれにくくなる。信頼や信用、こういったポジティブな感情もとても大事だ。現に疑心暗鬼、という言葉には鬼が住んでいるだろう。

前に高橋が教えてくれた対処法の一つを思い出した。

前回の失敗で潤の中で大暴落したハルトの印象だが、思ったよりもまともなのかもという印象に傾きつつある。

ビルに戻ってきたハルトは重野とＡＯＩビルの前に並んで立ち、軽く案内を受ける。

「わかりました。これはなかなか難物だなあ」

説明を聞き終わっても、ハルトはキラキラとした笑顔で明るく言った。

ハルトの実情を知っている潤でさえ、なにやら頼もしく思えてきた。堂々とした足取りでビルに入ろうとする。うしろからついていく重野は、こういってはなんだが手下にしか見えなかった。

「あれ、潤君は来ないの？」

振り返るとくったくのない笑顔を見せる。

「俺、部外者だから……」

と露骨に重野を見る。

「だって潤君は霊能者見習いでしょ。僕の仕事ぶりをよく学んで、目に焼き付けておくのもいいと思うよ」

あっさりと潤の心情を読み取って誘ってくれる。こういう気のいいところはテレビのイメージのままで、人柄だけは尊敬できそうだ。

「重野さんもいいですよね？」

「も、もちろんですとも」

白い歯の笑顔に重野も逆らえなかったようだ。

7

「うわあ、うじゃうじゃいるね」

ビルに入り中を見渡すなり、ハルトは明るく、しかし驚いた声を出した。余裕の表情だが、少しだけ引きつっているのを潤は見逃さなかった。

「そんなにたくさんいますか？」

ハルトの明るさに反して重野はうろたえている。

「いますよ。ちょっとこれは多いな。あそこと、ここと、あそこにも」

霊を次々と指さす。

「は、早く祓ってください」

そのたびに重野は不安そうにしていた。

「慌てなくても大丈夫ですよ。まずは全体を見ていきましょう」

ハルトは一階から一つずつ階段を上って、ビルを見て回った。ハルトがいると言った霊の数はどんどん増えていき、三階に上がるまでに三桁に達していた。

潤も見えているので怖かったが、ハルトの陽気な雰囲気が怖さを軽減してくれる。

三階、四階と上がっていき、陽太が通っている塾がある五階にたどり着く。大勢の子供たちがいるところだった。

最初は気ままに話している様子の子供たちだったが、潤たち三人の姿を見ると、徐々に静かになった。奇妙な静けさがあたりを押し包んだ。その変わりように潤は思わず息をのむ。

「花坂ハルトだ！」

沈黙を破った子供の一人がハルトを指さして叫んだ。そのとたん、わっと子供たちが押し寄せて、ハルトを取り囲んでしまう。

「お兄さん、もしかして花坂ハルト？」

「そうだよ。番組、観てくれてるのかな？　嬉しいよ」

「どうしてここにいるの？」

「すごい、テレビとおんなじ顔！」

「今日はあの銀色の着物着てないの？」

矢継ぎ早にハルトへ言葉を投げかける。

「お化けビルの噂を聞きつけたの？」

「私、テレビに出られる？」

「サインして、サイン」

子供たちにもみくちゃにされながらも、ハルトは嫌な顔一つせず握手をしたりサインをしたり大忙しだ。

「はいはい、順番にね。そう、お化けビルの噂を聞きつけたんだ。僕が来たからにはもう大丈夫。明日にはもう、怖いものなんて、なあーんにもいなくなってるからね」

あらためて花坂ハルトの人気を目の当たりにすると、すごいという感想しか生まれてこなかった。

「この中で幽霊を見たことがある人いるかな？」

ハイ、ハイ、私が、僕も、と何人も元気よく手を挙げた。誰がこの様子を見て幽霊のことだと思うだろう。授業参観ではりきっている子供たちにしか見えない。

「俺、ここの廊下で見たよ。そこの隅で……」

「右足がない老人だね」

ハルトがウインクをしながら言うと、歓声があがった。

「すげー、当たってる！」

「たっちゃんが言ってたとおりだ！」

「本物だあああ！」

ハルトは子供たちを引き連れて、階段を上っていく。騒ぎを聞きつけて何事かとテナントに入っている会社の従業員たちが顔を出すと、ハルトを見て子供たちと同じように騒ぎ出した。

「ハ・ル・ト！　ハ・ル・ト！」

子供たちの手を振り上げた一大コールが鳴りやまない。潤もいつのまにか乗せられて一緒にハルトコールを叫んでいた。

そのまま全部の階を一通り見て回り、再び一階にたどり着いて外に出るときはお祭り騒ぎのようだった。

サインや写真撮影が一通り終わって、ビルの住人や子供たちに別れを告げたころには、あたりは暗くなり始めていた。

「思ったよりも時間を食ってしまったな。これ以上時間を無駄に食わないよう、急いで除霊をしていただけませんか」

重野はややいらだった声で言うが、ハルトはにこやかなままだ。

「無駄な時間？　そんなものはどこにもありませんでしたよ。有意義な時間でした」

「しかしだね。ハルトさんがやったことはファンに囲まれるだけで、霊を追い払うなんてこれっぽっちも……」

「そんなことない。霊はもう半分以上いなくなってる」

ハルトコールで振り回しすぎて痛くなった右腕をかかえながら、潤はいまさらながらに驚く。

「霊がいなくなってる？」

「うん、もう半分もいない」

「いったいどういうことなんだ？」

重野はハルトに説明を求めた。

「霊は明るい気配を嫌うんですよ。いま僕が盛り上げたことで、このビルはとても明るい空気に包まれています」

こういう除霊の方法もあるのか。潤は内心大いに感心していた。

「すごい……」

「いえいえ、子供たちの元気な明るい声は、僕以上の力がありますよ。陽のエネルギーの塊ですからね。まあ、僕の手柄はほんのちょっとってところかな。さて、ここからはちょっと強い霊たちになりますので、本格的に除霊をしていきましょう」


ハルトは自信に満ちた顔つきで再びビル内に戻っていった。

それからは、霊能者のイメージどおり、いかにもわかりやすい手段で霊を祓っていく。以前スタジオで聞いた呪文のようなものを唱えたり、手で印を結んだり。そしてそのたびに霊たちは次々とビルから出て行った。

――高橋さんは何百万もかかるって言ったのに……。

しかしハルトは15万でやるという。タレントとして大きな収入があるとはいえ、この価格差は大きい。見たところ経費がかかるようなこともしていない。高橋は判断を誤ったのだろうか。

「だいたいこんなものかな。全部を祓うのは無理だし、意味がないから」

「どうしてなんだ？　全部祓ってほしいんだが」

　ハルトの雰囲気に呑まれていた重野は、うわずった声で質問する。

「霊はどこにでもいるんです。ちょっと言い方は悪いですが、虫みたいなものだと思ってください。シロアリやスズメバチのように明らかに危ない害虫は駆除しますが、アリや蝶のようなものなら、放っておくでしょう。どこにでもいるものを完全になくすのは難しいし、不自然なのもよくない。ただこのビルはなぜかとても霊が集まっていましたから、祓う必要がありました。こうなった理由に何か心当たりあります？」

「まったく。最初は塾の子供たちが幽霊が出ると言いだして騒ぎになって……」

　周囲を見渡して落ち着きのない重野に、大丈夫ですよと笑いかけるハルトはまるでカウンセリングの先生のようだった。

「最初は子供のたわいのない嘘だと思ったんですが。子供以外にも見たっていう人が出てきて、そのうちいくつか店子が出て行ってしまって……」

「それで私のところに来たわけですか。大変でしたね。でもそれももう今日までです。霊も出なくなり、また店子も入るようになるでしょう」

「本当か！」

重野が喜ぶ。その背後にいつのまにか、先日見た女の子の幽霊がいた。重野をじっと睨みつけて、さっきと同じことをつぶやいている。

──出して、出して、出して。

──ねえ、出して。

──出して。

明るい気持ちになっていた潤の全身から冷たい汗があふれ出た。怖さの次元が違う。それも当然かもしれない。女の子の霊は明確な恨みを持って、この場にいる。

「おや？　なんだその子は」

にこやかだったハルトの表情が一瞬にして曇った。

「ハルトさんが来る前にも姿を見せました。同じく重野さんの背後に……」

「俺の背後？　なんのことだ？」

重野は己のうしろを見て怪訝そうにしている。

「あれはヤバそうだね」

ハルトの横顔も、あせって強張っているのがわかる。

「しかし何を出してって言ってるんだろう。おやつかな。おもちゃかな。それともお金かな」

「は？」

「だって子供が出してってねだるなら、お菓子かゲームかお小遣いが相場じゃない？」

「え、出してってそういう意味だったんですか？」

もしそうなら怖くないかもしれない。

しかし女の子を見たとたん、背筋が寒くなり、とうていそんな話ではないことは明白だった。

——出して、出して、出して……。

声は怨嗟に満ちていて、とてもおやつをねだっているようには思えなかった。

「このビルにいたのはほとんどが浮遊霊だけど、この子だけは地縛霊だな。このビルに取り憑ついてる」

「え、地縛霊？」

ギョッとした顔をしている重野の背後を指さしてハルトは重苦しく話す。

「かわいそうだけどこの子は強制的に浄化してでも、祓ったほうがいいですね」

「二人ともいったい……」

様子がおかしいことに気づいた重野を、女の子がじっと睨んでいた。恨みのこもった眼差しを向けている。

「重野さんのうしろにうさぎのぬいぐるみを持った、五歳くらいの女の子がいるんですよ」

そのハルトの言葉を聞いたとたん、重野の顔色が変わった。

「重野さん、この子を祓いますので、ちょっと脇に寄っていてもらえますか」

彼にしては珍しい、真剣な表情と重々しい口調でハルトは重野の脇を通り女の子の霊に近づいた。

「ちょ、ちょっと待ってくれ」

呆けていた重野は慌てて止めに入り、除霊しようと近づいたハルトの邪魔をする。

「え？　ちょ、ちょっと重野さん？　いったいどうしたんですか？」

重野はハルトには目もくれず、ハルトと潤が女の子の霊がいるといった場所をじっと見ている。

横にハルトがいる心強さもあり、潤はずっと気になっていたことを重野に聞いてみた。

「重野さん、あの、小さい女の子の霊に心当たりでもあるんですか？」

「そんな、そんなはずはない……。あの子のはずが……」

「あの子？　まさか小さい女の子に、恨まれるようなことはしていませんよね？　あなたのうしろにいて、ものすごい目で睨んでいましたよ」

　ハルトはズバリと言ってくる。

「うさぎのぬいぐるみを持った小さい女の子、で間違いはないな？」

　詰め寄る重野に襟首を乱暴につかまれ、前後に左右に、しまいには上下に揺さぶられて、ハルトは目を回している。

「ちょ、ちょっと待って……、ぐるじい……」

　ハルトの顔が見る間に青くなっていく。このまま放っておくとビルに取り憑く霊が一体増えかねない。

「他に何か、何かわかることはないか？　何かあんたらに言っていたとか」

　出して、出して、と何度も言っていることを、豹変した重野にそのまま言うのははばかられた。

「まだそばにいるのか？」

「いえ、ハルトさんが除霊しようとしたとき、逃げるようにどこかに行ってしまいました」

重野はハルトを離すと、よたよたとうしろに下がりそのまましりもちをついて座り込んでしまった。背後で激しくせき込んでいるハルトには目もくれない。

「げほっげほっ。そうそう。除霊はまだ完了していないんです。あの女の子をちゃんと除霊しないと。大丈夫、今度現れたらしっかり祓いますよ。この花坂ハルト、首を絞められたくらいで仕事をおろそかにしたりはしません」

「いらん……」

「え？　なぜです？　もちろん追加料金は請求しません。あの子をこのままにしておくのはよくないです。きちんと除霊しないと」

「いらん、やめろ！　よけいなことはするな！　祓わなくていい。除霊なんかしなくていい。帰ってくれ！　もう二度とここに来ないでくれ！」

重野の豹変ぶりは鬼気迫るものがあった。

8

潤はハルトと二人で、近場にあるカフェに入った。窓からは道路を挟んでＡＯＩビルが見える。

「俺、思うんだけどあの女の子、重野っておっさんに殺されたんじゃ？」

潤が話題を切り出すと、ちょうど水を運んできたウェイトレスがビクッとなった。

「こら、潤君、滅多なこと言うもんじゃないよ」

「でも、めちゃくちゃ睨んでるし。どう見ても恨みがあるって雰囲気だったじゃないですか」

ウェイトレスは水がこぼれそうなほど震える手でコップをテーブルに置くと、逃げるようにその場を立ち去った。

「あ、コーヒー二つ……、行っちゃった。聞こえたかな？ もしかして僕が花坂ハルトだと気づいて、照れたのかもしれないね。それはともかくとして、たしかにあの重野さんの態度はおかしかったね。何か隠している様子だった」

ハルトは腕を組んで頭をひねっている。

「だからその何かをもう一度確かめるんです。そのためにここで張り込んでるんですから」

「コンクリートの中ならお手上げだけどね」

「お手上げって……」

「だってそうでしょ。死体を隠すためにコンクリートの中に埋めたなら、工事で発掘しなくちゃいけない。証拠もないのにそんなことはできないし、ビルのオーナーが犯人なら掘る許可なんて絶対におりないよ」

　ちょうどコーヒーを持ってきたウェイトレスが、カップをカタカタ鳴らしながら、コーヒーを置く。こぼれなかったのが奇跡的だ。

「どこに埋められているか見当だけでもつけばいいんだけど。そうだ、ハルトさんはわからないんですか？　あの女の子の霊の気配はここからするとか」

「そういう君はわからないの？」

「俺はほら、まだ霊能者見習いだから。そんな細かいところまでわからないですよ」

　ハルトはほっとした顔で言う。

「君がわかっていたら自信喪失するところだったよ」

「え、ハルトさんもわからないんですか？」

「いつもならわかるんだよ。いつもなら。これ本当だから。あれだけ強い憎しみにとらわれている悪霊なら、だいたいこのあたりって見当はつきそうなんだけど……いつもなら」

　何度もいつもならと念を押しながら言う。

「どうにもあの子の霊は、なんていうか、ぼんやりしてるんだよね。目の前にいるのに気配が薄いっていうか。うまく言えないなあ」

ハルトは必死に言葉を探していたがうまくいかないのか、うんうん唸っている。それは潤も感じていたことだった。あの霊が目の前に現れたときは驚いた。とても強い念だし、見るからに悪霊とわかるものだった。それなのに、微妙に存在が希薄というか、つかみどころがないような部分もある。

ハルトが難しい顔で唸っているので、潤はぼんやりとビルのほうを見た。するとちょうど重野がビルから出るところだった。

「どこかに行くみたい……。うげっ！」

思わずうめいてしまったのは、突然現れた女の子の霊が重野のうしろ姿を睨んでいたからだ。遠目にもわかる気配の恐ろしさに背筋に冷汗が流れた。

「うわあ怖いなあ。よっぽど恨んでるんだなあ。一目でわかったよ」

ハルトも唸るのをやめて見送る女の子の霊を見る。ついさっきはお菓子をねだる霊だろうと言っていた同じ口とは思えない。

「あの女の子が、このビルの元凶なのかもしれないね」

「それ、どういうことですか？」

「あれだけ強い恨みを撒き散らしていれば、悪いモノをどんどん引き寄せてしまう。殺人現場とか、自殺の名所とかが、霊の吹き溜まりになるのと同じことだよ」

「ってことはですよ。あの女の子の霊がいる限り、ＡＯＩビルはどんどん霊が集まって、またもとに戻るってことですか？」

「まあ、そうなるよね。健一の料金設定が高額なのもそういうことかなあ」

ハルトは自信なさげだ。

「あの女の子を祓えればいいわけですよね。さっきハルトさんが言ってたみたいに」

「ああ、うん」

「できるんですよね？」

「ああ、うん？」

「できないんですか？」

「できるよ！　ただ、そのためにはあの女の子の遺体の場所の特定も必要だし、ある程度おおがかりな結界とか必要になるし、そんなことは重野さんが許さないだろうし」

「つまりあの女の子に関する何かしらの証拠をつかめば、ＡＯＩビルの問題は解決する……」

高橋に見直させるチャンスかもしれない。そう思うと潤は立ち上がっていた。

「ちょ、ちょっとどこに行くの！」

ＡＯＩビルに向かって歩き出した潤のあとを、ハルトは慌てて追いかけた。しかし潤も急いでいる。女の子の霊がまた消えてしまっては元も子もない。

女の子が振り返り潤を見た。一瞬にして足がすくんだ。

出して、出して。

この言葉をずっと繰り返している。きっと女の子はビルのどこかに埋められているに違いない。すくんでいた足がいつのまにかまた歩き出していた。

近づくにつれておぞましい気配が濃くなっていく。

「潤君、不用意に近づくのは危険だよ。悪霊なんだ。僕だって対処しきれない。いったい何するつもりなんだ？」

「女の子の霊の手がかりを見つけるんです。証拠があればいいんですよね」

「だからどうやって？」

潤は己の手のひらを見る。

「俺が狼の霊にさわったとき、林の中を走っている様子が見えたんですよ」

狼の記憶を見たときのことを思い出す。そして高橋の言葉も思い出す。

――絶対にやめたまえ。今後二度と霊にさわろうと思ってはいけない。

高橋は不用意に霊にさわるなと言った。そのためのお守りももらった。しかしいまそのお守りはなく、目の前に悪霊になってしまった女の子の霊がいる。

「大丈夫、俺ならできる。解決して、高橋さんに子供扱いさせない」

手をそっと女の子に伸ばす。触れてもいないのに指先にチリチリとした電気のような抵抗を感じる。

「やっぱ、まずいかな」

最後の最後、手は止まってしまった。迷った。うしろから聞こえるハルトの声がどこか遠くに感じられる。何をするつもりかわからないけどやめろと言っている。事情を知らないハルトでも、まずいことをしようとしていることがわかったようだ。

潤は手をゆっくりとひっこめた。指先の痺れるような感触が消えていく。

ここから出して。

恐ろしい、しかし悲痛な叫びだった。

躊躇は消えて、潤は前に一歩踏み出した。指先を突き出し、女の子の額に触れる。

全身に駆け巡ったおぞましい寒気と痛みに、潤の口から悲鳴が出た。

暗くて狭い場所にいる。

息苦しい。

真っ暗だ。それなのに周囲の状況がわかるのはなぜだろう。

かさかさした紙の束、小さい石、手を伸ばそうとしたら固いものに当たる。手足が自由に動かせない。

狭い、暗い、息苦しい。ここから出してくれ。

出して、出して、出して！

潤は声にならない叫び声をあげ続けた。


「出して！」

潤が叫んで勢いよく起き上がると、頭に何か固いものが激突した。

「うわあああぁぁぁっ！」

頭を押さえて転げまわっていると、同じようにうめきながら床を転げまわっている人がいるのが目に入った。

「な、何やってるんですか？」

「それはこっちのセリフだよ。突然倒れたと思ったら、いきなり起き上がって。額にたんこぶができるところだよ。僕の人気は顔が命なんだから、気をつけてくれ」

堂々と人気は顔のおかげだと言う霊能者。実際そのとおりなのだから別にかまわないのだが、何か釈然としないものを感じた。

「で、小さい女の子にさわって何してたの？」

「その言い方やめてくれません？　まるで変質者じゃないですか。ちょっと試したいことがあったんですよ」

おたがい頭と額をさすりながら、立ち上がる。

「俺、どのくらい気を失ってました？」

「一分もなかったと思うよ。情けないなあ。自分から近づいておいて怖くて気絶って。僕みたいな霊能者に憧れる気持ちもわかるけど、生兵法は怪我の元って言ってね。ちゃんと修行をして……って聞いてる？」

聞いていなかった。それよりも気を失っている間に見た光景が鮮明なうちに、情報を整理したかった。

「女の子の記憶を見ていたんですよ」

「記憶？　なにそれ？」

かいつまんで霊の記憶が見える事情を話す。ハルトは疑わしそうにしていた。

「触れると霊の記憶が見える？　そんなの聞いたことないな。まるでサイコメトリーだね。健一でもできないと思うよ。あいつにできないなら、世界中の誰にもできないんじゃないの？」

「なんですかその怖い判断基準は？」

「職業柄たくさんの人に会ったけど、あいつより優秀な霊能者に会ったことないんだよ。僕より優秀な人にはいっぱい会ったけど」

たそがれた表情でつぶやく。

「まあともかく、霊の記憶が見えるとかそういう思い込みは……」

「思い込みじゃないですよ！　高橋さんにはやるなって言われてたけど、本当に見えるんです！」

「健一が認めてるの？　じゃあ本当なんだね」

ころりと意見を変えた。怖いくらい信じている。もはや高橋健一教と言ってもいいくらいだ。

「ハルトさん、ちょっとキモいですね」

「何を失礼な。僕ほど爽やかな霊能者はいないよ。顔と爽やかさが僕のとりえなんだから、そこは大事にしている」

堂々と言えるところがすごい。ある意味自分をよく知っているとも言える。

「で、何か見えたの？」

「見えました。狭い部屋……ちがうな。もっと小さい、箱みたいなものに閉じ込められていました」

「女の子の遺体が閉じ込められている場所ってこと？」

「嫌なことを言わないでください。でも、たぶんそういうことだと思うんです」

「他に何か見えたものはない？」

「そうだ、新聞が見えました。日付は二〇一四年の一月だったはず」

「それは重要な情報だね。女の子の居場所をずいぶんと絞り込めるよ」

「どうしてですか？」

「ほら、あれ」

ハルトが指さした先はビルのエントランスの脇の壁だ。そこには定礎と書かれた石のプレートが嵌め込まれていて、下には二〇一四年一月と書かれている。

「あれ、なんですか？」

「定礎石って言ってね。ビルができあがった日付が書いてあるんだ。昔の風習の名残だね」

「へぇ物知りですね」

「ふふん、見直した？」

得意げな表情をしたあとすぐに、見直したってことはいままで失望されてたってことかと落ち込む。ころころ変わる表情は見ていて飽きない。

「でもこれで大事なことが二つわかったね」

自分はこんなにイケメンではないが、むやみに立ち直りが早いところは、自分と似ていると思う潤だった。

「もし女の子がビル建築中のコンクリートに埋められたのなら、掘り起こすのはほぼ絶望的だと思っていた。オーナーの重野さんは絶対掘り起こす作業を承諾しないだろうし、警察から捜査令状が出て掘り起こす、なんてのはよほどの証拠がないと無理だよ。僕の経験上、警察は絶対に霊の存在を信じてくれないし、霊がらみの証言には耳を貸してくれない。でも定礎の日付は二〇一四年の一月。あれは工事の竣工、ビルが完成した日付なんだ。君が見た新聞の日付が正しいなら」

「ビルが完成してから閉じ込められた？」

「そう。つまりビルのどこかに閉じ込められているなら、それは掘り返さないと出てこないようなコンクリートの中じゃない」

ハルトを見る目が変わった。最初の除霊の失敗の印象が大きかった分、その落差は大きい。不良が子犬を助けるととてもいい人に見える現象に似ている。

「すごいですね！　俺、初めてハルトさんを尊敬しました」

「ははは、まあこれくらいどうってことないよ。初めてってのは気になるけど、存分に尊敬していいよ」

意味不明なポーズをとって、格好つけている。褒めるとすぐ調子に乗る人だ。もしかしたらそこも自分に似ているかもしれない。気をつけようと潤は思う。そういう意味では高橋と同じくらい、教わる部分があるともいえる。

「わかったことのもう一つってなんです？」

「箱か何かわからないけど、閉じ込められている場所の大きさわかる？」

「たぶん一辺が三十センチから四十センチくらいの大きさでした」

見えた新聞から大きさを推測する。

「うーん、思ったよりも小さいな。でも小さな女の子の遺体を閉じ込めるにはそれくらいでいいのか」

「怖いこと言わないでくださいよ」

「整理するとわかったことは二つ。一つはコンクリートの中じゃないこと。もう一つは閉じ込められている場所の大きさ。そこから探す場所はずいぶん絞ることができる」

話がいよいよ本質にせまってきて、潤はゴクリと生唾を飲み込む。

「探すとしたら段ボール箱、金庫、大きな引き出しの中。少ないとは言わないけど、探せない量じゃないと思うんだ。幸いここのビルって空き部屋も多いし、塾やフィットネスクラブみたいに、大きな面積をとってるものもある」

「だとしても部屋を一つ一つ探すんですか？　どうやって？」

「僕を誰だと思っているんだい？　『祓ってみせますｓｈｏｗ‼』の花坂ハルトだよ」

「今日のハルトさん、なんだか頼もしいです！」

「ふふん、まあ正直に言うと君にはとんでもない失態を見られたからね」

「目撃したどころか被害に遭ったけど」

「ま、まあそういう言い方もあるかもしれないね。だから今日は名誉挽回、汚名返上のためにはりきってるんだよ」

ハルトはそれから、再びビル内を丁寧にまわり始めた。二度目の訪問でも、人気があるハルトは快く受け入れてもらえた。

探してみるとハルトが言ったとおり段ボール箱程度の空間というのは、それほど多くなかった。

金庫の中はどうするのか。それに対してもハルトはうまく立ち回った。

「この会社のロゴマークは八角形でとてもいいですね。それをこの金庫の中に入れたら、もっと業績が上がりますよ」

「このロッカー使っていないんですか？　せっかくよい気が流れてくる場所なのにもったいないですよ。中にはさわりません。開けてもらうだけで大丈夫です」

普通なら聞き入れてもらえなそうな申し出も、ハルトの知名度と巧みな話術で開けてもらうことができた。ネガティブなことは言わず、脅かすようなこともしない。皆、快く協力してくれる。その手腕には正直、舌を巻いた。

それだけではない。もって生まれた明るさと人懐っこい笑顔。常に人前に出ているだけあって、仕草や佇まいに品と華があり、そういうオーラは人を魅了する。そうして信用を得られるのは、うさんくさがられることが多い霊能者には得がたい長所だ。

霊力では高橋には及ばなくても、ハルトから学ぶことも確かにあると思う潤だった。

重野がいないので空き部屋には入ることができなかった。しかし最初に回ったとき、一回入っているので中の様子はだいたい想像がつく。段ボール箱のようなものは置いておらず、折り畳み式の椅子や机があるだけだった。

それにもしそこに重野が女の子の死体を隠しているなら、調査のために入ることは許さなかっただろう。

時間をかけてビル内を探し回ったが、どこにもそれらしき箱は見つからなかった。

「どこにもなかった……」

考えてみれば当然かもしれない。

「まあ、簡単に開けられる場所になんか隠さないだろうし、壁に細工とかされてたらお手上げだね」

ハルトはすでにあきらめた様子だ。

「じゃあこのまま放置ですか？　霊もかわいそうだし、ここには大勢子供も通ってるのに」

腕を組んでしばらく考えていたハルトだが、

「奥の手を使うしかないか」

と凜々しい表情で言った。

9
「奥の手って、まさかここですか」

みなとみらいに来て、見慣れつつある事務所を前に潤はハルトに詰め寄った。

「これ以上の奥の手はないよ」

臆面もなく答えるハルト。

「健一に頼むのはハイリスクハイリターン、いやハイコストハイリターンだけどね。今回ばかりはゼロコストハイリターンの秘策があるんだ。つまりタダ！」

まっさきに頭に浮かんだのはタダより高いものはない、だった。

「その目は疑ってるね。僕を信じられないんだね」

「まあ、にわかには。どういう理屈なの？」

「まず第一に今回は刑事事件の可能性がある。女の子が殺されたかもしれないんだからね。ただいくら僕が証言をしても、幽霊が言ってましたじゃ警察は動いてくれない。しかし健一は一回調査をしてるんだろう。だったら何か証拠をつかんでるよ」

「また高橋さんに依頼するってことですか？」

「何を言ってるんだい。これは依頼じゃない。殺人に死体遺棄。犯罪撲滅のために国民の義務を果たしてもらうだけだよ。だから依頼料は発生しない」

「はあ……」

はたしてそんな理屈が通じるだろうか。かなり気が進まなかったが、確かにいま相談する先はここしかない気がする。

しかし一週間前、きっぱりと追い出されたばかりだ。あのときの厳しい言葉が脳裏によみがえる。

「というわけで健一への説明は君に任せたよ」

ハルトは白い歯を見せてにこやかに笑う。ＡＯＩビルでは頼もしく思えた笑顔も、いまはうさんくさい詐欺師にしか見えない。

「俺もダメだよ。先週、もう来るなって追い出されたんだから」

「一度追い出されたからって何をめげる必要がある。三顧の礼って言うじゃないか。あと二回は大丈夫」

「それ絶対使い方間違ってるから」

それでも一度でめげたと思われるのもシャクだったので、自分が先だって行くことにした。

時間はもう夜の九時を回っているが事務所の明かりはついたままだ。仕事が長引いているのだろうか。

ノックをしてドアを開けると、高橋が机から顔をあげて潤を見た。睨んでいるわけではないのだが、高橋の冷徹な眼差しは体をすくませるには充分な威圧感があった。

「あ、あの……」

「君か。入りたまえ」

高橋がいつもと変わらない口調なことに多少ほっとしながら、それでも喋り方も怖いんだよなと内心思いつつ事務所に入った。うしろに言い出した張本人のハルトがいないと気づいたのは、ドアが閉まったあとだ。

「お守りはどうしたのかね？」

ハルトが消えたことに狼狽していると、高橋は問い詰めるように言う。

「なくしたのかね？　それとも家に忘れてきたのかね？　君はいま霊力が以前より開いて、危険な状態だと説明したと思うが。その状態で霊に触れれば、霊障の影響がもろに魂に……」

そこで高橋は言葉を切り、厳しい眼差しを向けてきた。普段の厳しさなど、いまに比べればまだ生ぬるかった。

「霊に触れるなと言っておいたはずだが」

――見抜かれてる。

「さて今度こそ心臓麻痺を起こしそうなほど冷たい水の滝行に行くかね？　万が一のことがあってもＡＥＤで蘇生できるので心配ない。霊障で魂が穢されて死ぬよりも何倍もマシだ」

「ははは、冗談ですよね？」

どう見ても本気の顔にしか見えないが、潤は冗談だと自分に言い聞かせた。

「ある霊能者の話だ。彼は正義感があり、困っている人を助けずにはいられないタイプの人間だった。そして助けることができる技術を持っていた」

まさしく潤が思い描くヒーロー的霊能者だ。

「そんないい人もいるんですね！」

「しかし彼は霊障を甘く見ていた。心の穢れを軽く見ていた。その結果……」

「死んだんですか？」

「もっと悪い。死して悪霊になり果てた。すでに浄化もできないほどに穢れた魂は、人に仇《あだ》をなすだけの存在。人を助けるどころか、真逆の存在だ。そうなれば魂を消滅させるしかない」

「消滅って……？」

「体が死んでも魂は残る。霊があることからわかるように、人は死んでもその先がある。しかし魂の消滅にはそれがない。完全な無だ」

高橋の口調はいつものように淡々としている。いや感情を殺しているように見えた。苦々しい記憶を思い出したくもないと言っているかのようだ。

「消滅、無……」

いままでいくら高橋に危ないと言われても、霊が見えることが日常だった潤には正直なところ実感のなかったことだった。

しかし今日、女の子の霊の記憶を読むときの、奈落に落ちるような感覚は恐怖以外のなにものでもなかった。

事の重大さと己の軽率さがいまになって怖くなり、足が震えた。

高橋はつかつかと規則正しい足取りで潤に近づき、五芒星の入った手袋をつけると、柏手を一つ響かせた。

手袋をしていてなぜそこまで小気味いい音を立てられるのか。それから懐から札を取り出すと、潤の額に叩きつけるように貼った。

「なんですかこれ？」

「札だ。多少なりとも浄化の効果がある」

昔、映画で見たキョンシーを思い出す。なんて間抜けな格好だと思ったが、少しだけ心が軽くなる。

「いつまで貼っていれば？」

「しばらく貼っていたまえ。それでお守りは家に忘れたのかね？　それともなくしたのかね？」

潤は少し迷って口を開く。

「……貸してしまいました」

首を振って盛大にため息をつく高橋。表情は乏しいのに落胆と失望のゼスチャーは、外国人のように大げさだ。

「君はつくづくお人よしだな。褒め言葉ではないぞ。馬鹿正直という言葉があるが、君のために馬鹿お人よしという言葉が生み出されてもいいくらいだ」

「う、ごめんなさい」

「先週ここに来た子供にでもあげたのか。見捨ててはおけないと言って」

完全に見抜かれている。この人は霊力があるだけでなくエスパーなのだろうか。いや、ここで気おされてばかりではいけない。もともと相談するつもりで来たのだ。潤は深呼吸をして話し始めようとする。

「その前に事務所の外にいる男を中に入れないか。ずっと聞き耳をたてられているかと思うと、私も落ち着かない」

すでにハルトの存在もばれていた。


潤とハルトが交互に何があったのか話しているのを、高橋は口も挟まず静かに聞いていた。

ハルトが己がいかに鮮やかに立派に完璧にビルに巣くう霊たちを除霊したか長々と話し始めそうになると、潤はやんわりさえぎって本題に軌道修正する。

最後に総括的に女の子の霊について考えを話した。

「俺、思うんです。もしかしてあの女の子、あの重野さんって人に殺されて、遺体があのビルの下に埋められてるとか……。そうは思いたくないです。でもだったらなぜ女の子は恨みがましく、出して出してって言ってたんだろうって。いまにもあの子の声が聞こえてきそうで」

「その女の子は地縛霊だろう。ビルから出ることはないから、ここで声が聞こえることはない」

　高橋は冷静に論理的に説明をする。心霊現象を論理的にというのもおかしな話かもしれないが。

「健一も事前調査してるんだろ。あの親父、怪しいって気づかなかったのか？　僕は一目で気づいたよ。こいつはクロだって！」

「女の子の霊を見てないうちに気づいたの？」

　さすがに潤もツッコまずにはいられない。

「いろんな人間を見てきたからね。人生経験からわかるんだよ」

「それで高橋さんはどう思われますか？」

「潤くん冷たくない？」

　ハルトのすがるようなまなざしを無視して高橋を見る。話を聞いている間、いつもどおりまったく感情を見せなかったが、はたして感情が見えにくかったのか、それともすでに予測していたのか。

　高橋はいつもの口調ではっきりと結論を述べた。

「君たちが見聞きしたことへの私の所感を言おう。放っておきたまえ」

「え、なんで？」

思いがけない言葉に潤は絶句する。

「これは明らかに犯罪じゃないですか！　俺たちは真相を解明できる立場にあるんですよ」

「それで警察になんと説明する？　証人は幽霊です、か？　だいたいそのようなことにいちいち関わっていたら、体はいくつあっても足りない。見てみたまえ。街中を歩けば、いったい何人の無念を残した霊がいると思う。その一つ一つの謎を解き明かすつもりか」

「でもあそこには小学生が通う塾があるんだ。あの子たちの中からまた犠牲者がでないとも限らないよ」

潤は説得しようとするが、高橋の態度はビクともしなかった。

「ともかく依頼が成立していない以上、重野氏のことも陽太君のことも、私は関わるつもりはない」

きっぱりとした口調は、説得が不可能だと思わせるに充分だった。

「君も軽率な行動はひかえたまえ。とくに霊の記憶を覗く真似は絶対にやめるんだ」

「でも、そうしないと女の子の霊のことがわからないと思ったんだ。ああするしかなかった」

「はたしてそうか？　たった半日の調査でなぜそこまで言い切れる？」

高橋の口調は淡々としている分、逆に厳しく聞こえた。

「霊の気配がわかりにくいって、ハルトさんも言ってたよね」

二人のやり取りを聞いていたハルトは、突然話をふられたことにむせながら答える。

「うん、そうだね。あの霊は、あんなに強いのに気配はなぜか読みにくかった。普通なら埋められている場所くらいわかるはずなんだけどね。それはともかくとして健一、今回の僕の仕事ぶりはどうだい？　みんなの気持ちを明るくするという僕ならではの方法だと思うんだ。……ねえ、聞いてる？」

ハルトには見向きもせず、高橋は潤に厳しい眼差しを向けたままだ。

「だからといって霊に触れたのは短絡的すぎだ」

「なんだよ！　やるべきことをやらないで、文句だけかよ！　少しくらい認めてくれたっていいだろ。見てよ。俺はピンピンしてるよ。なんともなかった。俺だって少しは役に立つはずだよ。困っている人だって、成仏できずに苦しんでいる霊だって救うことができるかもしれない！」

「それが子供の考え方だと言っているのだ。今回はたまたまうまくいった。ただそれだけの話だ」

「少しくらい認めてくれたっていいだろ！」

二人のやりとりを目で追っていたハルトだが、引きつった笑顔とわざとらしいくらいの明るい声で割って入る。

「それはそうと今回の僕の働きは、なかなかナイスだったんじゃないかな。遠慮なく褒めてくれてもいいんだよ。そんな方法は私にはできない完敗だ、とか。見直したぞハルト、とか。いや見直しただと、まるでいままでがダメみたいに聞こえるな。いまのなしなし……聞いてるよね？」

二人は睨み合ったままだ。ハルトはしかたなくお茶をすすり、ぬるいと寂しそうにつぶやいた。

「お守りを考えもなしに子供に貸してしまうことといい、君は軽率すぎる」

「あのビルを放っておけって⁉」

「君には人助けをする技術がない。火事の現場で素人が水をかぶって、突っ込むようなものだ。二次災害の可能性が高い。何度も言うが、無事だったのはたまたまだ。霊障で命に関わることになっていてもおかしくない」

「じゃあなに？　高橋さんは助けられる技術を持った消防士なのに、お金を払わないやつは助けないってことだろ？　二次災害？　もっともらしい大人の理屈を振りかざしてさ、そうかもね、そうかもしれないよ？　でも目の前で助けを求めてる人を放っておくのが正しいこと？」

「少なくとも自分も溺れるとわかっていて泳げない者が飛び込むのは間違いだ」

重たい沈黙を、まるで気にしていないかのようなハルトの声が埋める。

「自画自賛するわけじゃないけど、今回の調査だって僕の人気があればこその方法だと思うんだよね。こういうときは『花坂ハルトの祓ってみせまｓｈｏｗ‼』やっててよかったって思うよ。多少の悪評にも耐えたかいがあるというものだよ。そう思うよね？　ねえ、思うよね？」

ハルトの声は徐々に小さくなり、やがてお茶をすする音だけになった。

「どうして陽太君の依頼を受けてくれなかったんだ……」

潤はうつむいたまま、絞り出すような声を出した。

「言っただろう。あの少年に支払い能力はなかった」

潤は勢いよく立ち上がると高橋を睨んだまま、隣のハルトを指さす。突然突きつけられた指に、ハルトは驚いてお茶をこぼしてしまった。

「でもハルトさんはあのビルの除霊を15万でやると言って、今日一日でほとんどお祓いをすませたよ。でも高橋さんは何百万も請求した。これってどうなの？　ぼったくりじゃないか！」

　ハルトはいずまいを正し、悦に入った笑顔を浮かべる。

「え、もしかして僕、健一を超えちゃった？　いずれそんな日が来る予感はしていたけど、今日だったかあ。確かに今日の僕は冴えていた。自分で言うのもなんだけど冴えてたなあ。花坂ハルトの除霊術、ここに開眼！　って感じだったよ。……褒めてもいいんだよ？　僕は褒められると伸びるタイプだよ？」

　高橋と潤はしばらく睨み合っていた。ふいに高橋は目線をそらすと束ねてある書類から一枚を抜き出して、潤に渡す。それは重野の依頼に関する明細書だ。いくつか項目があるが、金額の七割を占める見慣れない項目があった。

「特殊工事費？」

「この件を解決するには工事費が必要になる」

「や、やっぱり女の子がビルのどこかに埋められているんだ！」

「ほぼ正解だな」

「……え？」

　できれば否定してほしかった。しかし高橋の答えは無情なものだ。

「……だ、だったらどうして？　どうして何もしようとしないんだ！」

「正式な依頼を受けていないからだ」

あまりにも簡潔な理由に潤は絶句するしかなかった。

「そんな、そんなのって……」

「医者は見かける病人すべてを治療するわけではない。慈善家はすべての貧しい人間に手を差し伸べるわけではない。どこかで線引きをする必要がある。助ける相手とそうでない相手の線引きが必要だ。しかし知識も経験もなく、感情だけで動く君にそれができるか？」

返す言葉もない。それでも反抗心だけはくすぶって、棘となって口から零れ落ちる。

「それで高橋さんの線引きが、子供相手でも何十万も請求する報酬ですか？」

「法外ではない。一定の成果をもとめると、自然と導き出される適切な金額設定だ」

「じゃあお金がない人は救うなってことですか！」

「そうだ」

「そんなの……」

「君が納得する必要はない。これは私の線引きだ。逆に君の価値観を押し付けられても困る」

潤はしばらく黙っていたが、無言のまま立ち上がると、ハルトに制止されるのも聞かず事務所を出て行った。

「あんな奴だと思わなかった。あんな薄情だとは思わなかった。ただの守銭奴じゃないか！」

最初は激昂していた潤だったが、気持ちが落ち着いてくると落胆に足取りが重くなった。

「……高橋さんは、間違ってるわけじゃないんだ。わかってる……けど」

結局のところ、高橋に頼るしかない自分が一番情けない。自分ではどうにもできないことを、相手の事情も考えも鑑みず、ただ一方的に気持ちを押し付けて、相手の力でなんとかしてくれとずうずうしいことを頼んでいる。

それで断られたからといって怒るほうがお門違いなのだ。そのくらいの自覚はあった。憧れるような行動をしてほしいというのは、本当に潤の勝手な押し付けだ。

とぼとぼと駅に向かって歩く。少し気持ちに余裕が出てくると、すれ違う人がみな奇妙な顔で潤を見ていることに気づいた。中にはぷっと噴き出す人もいる。

「……あっ！」

額に手をやると、そこには高橋が張ったお札の感触があった。

「……なんだよ、これも何十万もするって言いたいのかよ」

悲しそうにつぶやくと、お札を乱暴にはがし、くしゃっと丸めた。

10

「はあ……、大喧嘩しちゃったけどどうするかなあ……」

潤は家の近くの公園のベンチでたそがれていた。気分的にはブランコに座ってキーコキーコ寂しい音を奏でたいところだったが、残念ながら先客がいた。

男の子と女の子が二人で遊んでいる。すでに夜の十一時を回っているが、親が迎えに来る様子はない。来るはずがない。二人とももう生者ではないからだ。

二人ともとても楽しそうに遊んでいて、死んでいる悲壮感はまるでなかった。幼くして死んだはずなのに、見ていると微笑ましく思えてしまう。

「あの子たちとAOIビルの女の子と何が違うんだろう」

同じ霊でどうしてこうも違うのか。

「はいはい、そこの僕。中学生がこんなに遅くまで遊んでるなんてダメですよ。補導案件ですよ」

そう言われて肩を叩かれた。潤は握りしめた拳をふるわせて、声を絞り出す。

「何回言ったらわかるんだよ。俺は高校生だ！」

「高校生でもダメですよ。こんなに遅くまで遊んでちゃ」

「だから子供扱いするな！」

「ふふふふふ、潤ちゃんだって成長してるんだから……してるよね？」

背丈を比べる真似をして小首をかしげた。

「してるよ！　あとちゃん付け禁止！　何回言わせんの！」

「あははは、ごめんごめん。潤君可愛いから、ついからかいたくなっちゃって。ほら、男の子が好きな子をからかっちゃう心理？」

そう言ってにっこり微笑むのは鈴音だった。仕事帰りなのか、スーツ姿だった。

潤はそっぽを向く。

「あれ、怒っちゃった？　ごめん、ごめんってば。すねないでこっち向いて」

別に怒っているわけではなかった。ただたんに照れていただけだ。顔が赤いのを見られたくないだけだった。

――男の子が好きな子をからかっちゃう心理？

ぽろっと言うあたり、深い意味はないのはわかっているが、それでも照れくさいことには変わりはなかった。

「でもあまり遅いと叔父さん叔母さんが心配するのは本当よ。いままでだって、何回か私のところに電話かかってきたんだから」

「遅くなるって言ってあるから大丈夫。スズ姉こそ遅すぎじゃない？」

「残業なの。社会人のつらいところ」

わざとらしく疲れた表情で自分の肩を叩いていた。

自殺を思いとどまった一件から一ヶ月がすぎていた。無理して明るく努めているのはわかるが、それでも一時期よりもずっと元気だ。あのとき高橋が気づいていなかったらと思うとぞっとする。

「それで何をたそがれていたの？」

「なんだよ、突然」

「今度はこっちが聞く番かなあって。この前は私の愚痴に延々と付き合ってもらったわけだし」

自分の胸を叩き、鈴音は目を輝かせて言う。

「というわけで潤君のためのお悩み相談室、開業しますよ。成績の悩み？　身長の悩み？　それとも恋の悩み？　どんな子を好きになったの？　告白したの？　フラれたの？　はっ、まさかもう大人に……」

「恋愛の比重、多すぎない？」

「女子ですから」

「なんだよ女子って。同じ歳の男が、男子ですからって言ったらイタいと思わない？」

「ああ、なんか今日の潤君棘があるなあ。そんな潤君嫌いだなあ。潤君はいいよねえ、リアル男子だから」

それから鈴音は嬉しそうに笑い、子供のように両足を交互に揺らしていた。

「どうしたの？」

「うん、こうして潤君と前みたいに話せるのが嬉しくて。いろいろみっともないところ見せちゃったから」

潤は何も言わずに、しばらく黙っていた。いつのまにかブランコで遊んでいる子供たちの霊はどこかに消えてしまっていた。

「それで、本当はどうしたの？」

鈴音は優しく問いかけてくる。

潤は笑顔にうながされるようにぽつぽつとここ数日、あったことを話し出した。一通り話し終わると、鈴音は腕を組んでわざとらしくうなずいた。

「なるほどなるほど、つまり潤君は盛大に空回りをしちゃったのね」

「してない……」

「してる。だって潤君の一番いいところ出てないもの」

「ちゃんと使ったよ。霊の記憶を見て、事件の手がかりをつかもうとして……」

「ほら勘違いしてる。そんなのは潤君のいいところじゃないの。どうして女の子の霊をなんとかしたいって思ったの？　高橋さんに認めてほしいから？　自分を認めてほしいから？　潤君の思うヒーローってなに？」

「それは……」

　見上げた夜空はうす雲がかかっていてまばらにしか星は見えない。夜風は湿度を含んで生ぬるく、しかしまだ半そででは肌寒い。中途半端な梅雨の夜はなんだか今の自分のようだった。

「潤君のいいところには、私も昔から何度も救われてる」

「昔から？」

「そう。相手の身になって考えられる優しいところよ」

　鈴音は今日一番の笑顔を見せると立ち上がった。

「だから大丈夫。潤君はきっとやれる。だって霊にだって優しいんだもの。今日だってブランコで遊んでいる子供の霊を優しそうに見守っていた。いつもの子たちいたんでしょう？　あ、ちなみに霊が見えない私や他の人から見れば、ひとり公園でニヤニヤしている怪しい人だから気をつけたほうがいいよ」

冗談めかして言った後、卑怯なくらい魅力的な笑顔を見せてくる。

「その優しさがあれば潤君は無敵よ」

「ぜんぜんそんなんじゃないよ。いまだって高橋さんに頼らないと何もできない」

うつむいたのは照れ臭かったからだ。

「別にいいじゃない。頼れる人はどんどん頼ろう。一人で抱え込んでみんなに迷惑かけちゃった私だからこそ、言葉に重みがあると思わない？」

「う、うん……」

おそるおそる顔を上げると、意外と近くに鈴音の顔があってドキッとする。

「でも限定的無敵さだから無茶はしないこと。私のときみたいに、潤君が犠牲になるのは絶対ダメ。わかった？」

どことなく弟扱いなのは不満だったが、親身になってくれるのは嬉しい。

「わかったから。あとスズ姉ちょっと近い」

「なに一丁前に照れてるの」

鈴音は少し意地悪そうに笑う。

またこんなふうに過ごせて嬉しいと、素直に思った。

ＡＯＩビルの女の子の悪霊も、解決してよかったと思えるようにしたかった。

11

「きっと何かあるはずなんだ」

先日、ハルトと入ったカフェからＡＯＩビルを見ていた。放課後になるとまずこのカフェに来て窓際の席に座るのが日課になっていた。叔母がアイドルのコンサートのときに使うオペラグラスを片手に、向かいのビルを覗いている。

今日で一週間だ。夕方を過ぎるとビルのオーナーの重野が出かける。一回追い出されているので、できれば顔は合わせたくなかった。

集中しているのでウェイトレスが注文を取りに来ても、おかわり自由の薄いコーヒーが運ばれてきても気づかない。まして潤の様子をいぶかしんで、ひそひそと話しているマスターとウェイトレスに気づくはずもない。

「そろそろかな」

重野は夕方になると自分の手でエントランス前の掃除を始める。塾の子供たちがビルに入ったあとは奥に引っ込むことが多く、だいたい似た時間帯に夕食を取りにビルを出ていく。時間は二時間程度。これが潤がつかんだ重野の行動パターンだった。

「重野さんってもしかして……」

この一週間見続けてきたことで、重野の違った側面が見えてきた。重野への印象が変わる。

ビルのエントランスまわりはとても綺麗に掃除されていた。塾に通う子供たちが、競うようにビルの中に駆け込んでいく。

「ちょっと、また怒られるよ」

注意するのは同じ年頃の真面目そうな女子だ。いつでもどこでも、こういうのは変わらないんだなと潤はおかしくなった。

「俺、とんでもない勘違いしてたかもしれない」

重野は子供嫌いではなかった。それどころか大事にしていた。気遣っていた。子供たちが多く出入りする時間帯、綺麗に整えられたエントランス前がなによりの証拠だ。

女の子の霊に睨まれていたことで、子供にひどいことをしたという先入観で動いてしまった。

高橋はどこまでわかっていたのだろう。少なくともいまの自分よりは見えていたはずだ。一週間前に半日程度見て回った自分よりはずっとずっと物事が見えていたに違いない。

「でも、だったらどうしてあの女の子の霊は重野さんを睨んでいたんだ？」

もしかしたら女の子を殺してしまったのは間違ってないのかもしれない。罪の意識から、いま生きている子供たちに優しくしているという考え方もできる。それに急に除霊を拒んだのも不可解だ。

「いやいや、結論付けるのは早いだろ」

できれば重野ともう一度話をしたいが、まともに話を聞いてくれるかどうか。

「女の子ともう一回、ちゃんと向き合わないとな」

しかし出現するタイミングは重野がいるときだ。重野がいるとき、女の子の霊が出るときもあれば出ないときもある。

最初に会ったときは恐れと功名心のみで接してしまった。いまとなっては後悔しきりだが、過去を振り返ってばかりでは何も解決しない。

重野が出かけた後、ＡＯＩビルの前に立つ。

一週間前、減らしたはずの霊がまた増えている。女の子の悪霊に引き寄せられているというのなら、もとの状態に戻るのはさほど遠くないのかもしれない。

「ハルトさんがせっかく祓ったのになあ」

女の子の霊は見当たらなかった。

――まだどこかにいるはずなんだ。

緊張感をまとってビルの玄関に立っていると、

「あれ、あのときのお兄ちゃん？」

「うひゃっ！」

突然うしろから話しかけられて、飛び上がるほど驚いた。慌てて振り向けば、知った少年の姿があった。

「な、なんだ陽太君か。驚かさないでくれよ」

「驚いたのはこっちだよ。すんごい叫んで飛び上がって、いったいどうしたの？」

霊の調査と言えば陽太を不安がらせるかもしれない。

「たまたま近くを通ったから、ちょっと寄ってみただけだよ。あれからどう？　塾に来るのもう怖くない？」

「う、うん……。大丈夫になったけど」

予想外に歯切れが悪い。

「何かあったの？」

「ううん、何もないよ。ないと思う……」

しきりにうしろを気にしていた。ビルにはまた霊があふれてきている。それを無意識に感じ取っているのかもしれない。

「大丈夫、霊はばっちり追い払ったから」

「そうだね。そうだよね」

陽太はうなずくと手を振ってビルに入っていく。

その背中を笑顔で見送った潤は、叫び出しそうになった口を慌てて押さえた。

いつのまにか女の子の霊が立っていた。ちょうど潤と陽太の中間あたりで、背中を向けて立っていた。じっと陽太の背中を見ていた。最初に見たときと変わらない禍々しく恐ろしい雰囲気をまとっている。

陽太は気づかず、エレベーターに乗り込むとそのまま上に行ってしまった。

女の子は動かない。潤はそっと回り込むように女の子の横に立った。

見えた横顔は、初めて見たときのように憎しみに染まったものではなかった。いまにも泣きそうな顔をしていた。背筋が凍るような気配も薄れ、そこにいるのは年相応の、置いていかれて泣きそうな女の子だった。

――ああ、一番の犠牲者はこの子なんだ。

いままで理屈ではわかっていたが、恐ろしさが先立ち感情では理解できずにいた。いまようやく理屈と感情が一致する。

助けたい。この女の子を助けてあげたい。

あふれ出る気持ちを抑えることはできなかった。

自分に何ができる？　自問自答したところで答えはわかりきっていた。自分の手のひらと女の子を見比べる。

高橋には霊の記憶を覗くなと念を押されている。

女の子の魂はこのビルのどこかに囚われている。そこだけは間違っていないと直感できる。高橋もほぼ正解と言っていた。

「ねえ、俺は君を助けたいんだ」

霊に言葉は通じるのだろうか。高橋やハルトが霊と意思の疎通をはかったのを見たことはない。不可能なのかもしれない。

それでも潤は話しかけた。

「君だって最初からそんな姿じゃなかったはずだ。寂しいんだよね。悲しいんだよね。ねえ、聞かせてよ。教えてよ。君はどこにいるのか。どこから出してほしいのか。出してあげるから。だからどこにいるのか教えてくれないか？」

少女が潤を見た。

その瞳の奥には、悲しみと寂しさがあった。

女の子はじっと潤を見ている。小さなくちびるが動く。

た、す、け、て。

そう言っているように見えた。ためらいは完全に消えた。

しかし女の子の霊にさわる前に、潤はポケットから携帯電話を取り出した。

電話をかけると、３コールもしないうちに相手が出た。

『はい、お祓いコンサルタント高橋健一事務所です』

「あの、俺です。ああ、これだとオレオレ詐欺になっちゃうな。あ、切らないでください。三田村潤です」

『名乗るまでずいぶんと時間がかかるな』

「すみません」

『謝るようなことではない』

「いえ、すみませんって謝ったのは、これから迷惑をかけちゃうかもしれないからです」

数秒の沈黙。

『何をする気だね？』

「これからまた、女の子の霊の記憶を覗きます。それで万が一のときは高橋さんに助けてほしいんです。かかる料金は一生懸命働いて返しますので」

『勝手なことを』

「だから最初に謝りました。勝手ですみません。迷惑をかけることになってすみません。でも俺、どうしても放っておけないんです。いまからやります。では」

高橋はまだ何か言っていたが、電話を電源ごと切る。急がなければ女の子の霊はいつまた消えてしまうかわからない。

潤が近づくと、ぬいぐるみを持った女の子は、何もかもに絶望した表情でじっと見つめてきた。陽太が去っていったからか、女の子の気配がさっきよりも薄くなっている。

「待って。君の想いを俺に教えてくれ」

潤はまっすぐに手を差し伸べる。女の子もおずおずとその小さな手を伸ばしてきた。

二人の指先が触れ合った。

出して、憎い、出して出して出して、憎い、どうしてこんなひどいことするの。出して出して出して！

すぐさま訪れる感情の激流。見えるのは狭い箱のような場所だ。前と同じく新聞も見えている。

——それじゃダメなんだ。

もっと女の子のことを知らなければ。憎しみばかりではない。ときおり見せる寂しそうな表情の意味も知らなくてはならない。

激流のような憎しみの中に、もっと他の感情もあるはずだ。心を研ぎ澄まし、すべて黒く塗りつぶしかねない感情の中から、別のものを探す。きっと見つけられると信じて。

やがて違うものが見えた。同じようなネガティブな黒い感情。しかし少しだけ違う。潤にも理解できる、共感できる感情だ。だからこそ見つけることができたのかもしれない。

それは孤独だ。寂しさだ。自分だけが取り残される恐怖だった。

女の子は何に孤独を感じているのか、それは潤にもわからなかった。

ふいに周囲の様子が変わる。暗い箱の中ではなく、明るい部屋の中。気を抜けばすぐに黒い感情に塗りつぶされてしまいそうな、はかない記憶だった。

広い部屋の中にいる。リビングだろうか。いま一つ断定できないのは、視界がぼやけていてはっきりしないからだ。度の合わないきついメガネをかけているようだった。

視点がとても低い。そのためまわりの物は高く大きく見えて、よけい部屋は広く感じる。低い情景が動く。狼のときもそうだった。たまに小さな手が両側から現れては消えている。

——そうか、これは女の子の視点なんだ。

いま部屋の中を走っている。そこに恨みや憎しみといった感情は感じられなかった。純粋な喜び。いったいなんの記憶だろうか。

女の子が駆け寄った先には、ピンク色の物体があった。ぼやけていてわからないが、小さな女の子が両手で抱えて持ち上げるのが精いっぱいの大きさだった。

表面には何か絵がかいてある。幾何学的な模様に見えるが確信はもてない。もどかしかった。きっとこれは女の子が残した大きな未練の一つに違いなかった。

意識を集中する。ともすれば憎しみの激流に飲み込まれて消えてしまいそうな記憶の姿を、細心の注意を払って手繰《たぐ》り寄せる。

ぼやけた視界が徐々に明確になっていった。ピンクの物体がはっきりとした像を結ぶ。

——これって、もしかして。

それがなんだかわかったとき、なぜ女の子が陽太をじっと見ているのか少しわかった気がした。

12

「……ドセルだ！」

潤が叫んで飛び起きると、周囲の様子は一変していた。

ぼんやりと視点の定まらない見知らぬ部屋の中ではなかった。

「あれ？」

頭を抱えてあたりを見渡す。なじみ深いというほどではないが、見覚えのある場所だった。

「ここってお祓いコンサルタント事務所？」

「目が覚めたかね」

いつどのような状況で聞いても冷静で感情を感じさせない声。振り向けば事務所の椅子に座り、メガネの奥からじっと潤を見据えている眼差しとぶつかった。

「あ、高橋さん」

高橋は嘆息し首を振る。言葉で聞かなくても失望しているのがわかる。この人の感情表現は、無表情と嘆息の二種類しかないのではないかと疑いたくなる。以前見た笑顔は夢か幻であるかのようだ。

「君がまた私の言うことを聞かず、霊の記憶を見る可能性が高いとは思っていた。しかしまさか予告の電話をしてくるとは予想していなかったよ」

「すみません。かかった費用は払いますので」

「テーブルを見たまえ」

テーブルの上には明細書が置かれていた。交通費、時間給、技術料等、いくつもの項目がある。

「簡単に説明すると君をAOIビルから引き取りここに運ぶまでの手間賃、霊障を取り除く技術料、その他雑費だ」

「4万ですか。思ったよりも安くすんだな」

10万以上は覚悟していた。

「4万3270円だ。勝手に値下げしないでくれ」

「わかってますよ。はしょっただけなのに」

「それと完全に霊障を取り除けたわけではない。応急処置程度と思ってほしい。一度きちんと霊障で穢れた魂を浄化する必要がある」

ならばこの安さも納得がいく。どれほど霊障があるのか自覚はないが、高橋の表情からして放置していいものではないのだろう。

「霊障の治療法はこちらに書かれている。私のアドバイスがほしい場合は、また後日来てくれ。今日はもう閉める時間だ」

たったいまプリンターから印刷されたばかりの紙を潤に渡すと、用はすんだとばかりにビジネスバッグに、物を片付け始める。いつ見てもビジネスマン然としたところは変わらないが、お札の束などが仕舞われているところは、やはり霊能者っぽい。

「ちょ、ちょっと待ってください。どうして俺があんな無茶をしたのかとか、なぜ電話をしてきたのかとか、聞くことはないの？」

少しは自分の行動に興味をもってほしい。

「私になんの疑問をもてと言うのかね？　君の浅知恵に踊らされるつもりはない」

「だったらどうして助けにきたんだよ」

「変則的ではあるが、依頼の一形態であると理解し、受けさせてもらった。ただそれだけだ。事務所はもう閉める。三度目は言いたくないのだが」

「依頼を受けたなら、俺の話を聞く義務があるはずだ。無茶した経緯を聞き、きちんとコンサルティングするのが、高橋さんの仕事じゃないの？」

　少し挑発気味にまくしたてる。

「ふむ、確かに一理あるといえばあるか」

　高橋が何かを言いかけたとき、ちょうど事務所の電話が鳴った。まるで早押しクイズのように、電光石火の速さで受話器を手に取ると、事務的な口調で二言三言話す。やがて電話が終わると、どこか感心したように潤に話しかける。

「君は運がいいな。ここにとどまる理由ができてしまった」

　高橋はビジネスバッグを脇にどけて、椅子に腰かけた。

「では聞かせてもらおうか。君の行動原理、見たこと、知ったこと、そのすべてを」

「ええと、間違っていても笑わないでくださいよ。重野さんが女の子を殺してビルに埋めたって俺が言ったとき、ほぼ正解だって高橋さん言いましたよね。それで思ったんですけど……」

改めて聞かれると急に自信がしぼんでいく。

「いいから話したまえ」

潤はそれから一週間ビルを張り込んで気づいたこと、二度目に霊の記憶を覗いたときに見たことを話した。憎しみの感情の中に寂しさや孤独があったこともきちんと伝えた。

二十分ほどですべてを話し終えると、高橋はふむと唸ったきり腕を組んで黙ってしまった。

「それで思ったんですけど、重野さんって実はそんなに悪い人じゃないのかなって。だって塾が始まる時間帯と終わる時間帯にかならず掃除してるんですよ。周囲の車の様子にも気を配っていたし。子供の安全を気にかけているようでした。あんな人が、子供を殺して埋めたりして悪霊化させるとは思えない」

「いいや、彼が原因だ。霊が重野氏を睨んでいるのも恨んでいるからだ。そこは間違っていない。ほぼ正解だと以前にも言ったはずだ」

高橋は断言する。

「それで君の話はおしまいかね？」

「俺が一週間でできたのはここまでです。あの女の子を助けたい。悪霊のまま恐れられていたらかわいそうです。高橋さんなら、きっともっとわかるんでしょうけど」

「私は依頼がなければ動かない。さらに言うなら、私は生きた人間の依頼しか受けない。君の言うかわいそうな霊がどんなに哀れな境遇だとしても、霊に支払い能力はない」

「だから俺が……」

高橋は手で潤の言葉を制した。

「それで君は、目にしたすべての不幸な霊を救うつもりか？　それとも依頼料を払って私に頼るか？　破滅か破産か。いずれにしても愉快な未来ではないぞ」

高橋は情では動かない。そのことはよくわかっている。それでも説得を試みたのは、狼に取り憑かれた潤の除霊をしたときの高橋を、狼も潤も鈴音も、皆を導き、不幸な結果を回避して、お礼を言われたときの高橋の笑顔を覚えているからだ。

「私は君が思っているような人間ではない」

潤の気持ちを見透かしたように、高橋が抑揚のない声で淡々と言う。

「わかりました……。迷惑かけてすみません。お金は、あとでいいですか？」

よろよろと立ち上がり帰ろうとする潤に、メガネを持ち上げて高橋は語りかける。

「一つ誤解しているようだが、私もそれなりに営業努力はする。君は私がここにふんぞりかえっているだけにしか見えていないのかもしれないがね」

高橋は腕時計を確認して、

「さてそろそろ来るころだが」

とドアを見る。それをまるで見計らっていたかのように事務所のドアが開き、ハルトが姿を現した。

「やあ健一、連れてきたよ。全部おまえが言ったとおりになった」

「え、ハルトさん、どうしてここに？」

ハルトが突然現れたことに驚く。しかしもっと驚いたのは彼の背後から現れた少年だ。

「まず依頼人を招き入れようじゃないか」

高橋が招き入れた依頼人は陽太だった。


陽太はばつの悪そうな顔をして来客用のソファにじっと座っている。真向かいに座る高橋も何も言わず、ハルトは潤が出したジュースをすすっていた。

潤は陽太の隣、ハルトは高橋の隣に座って、二人が話すのを見守った。

「またオバケが見えるようになったんだ」

絞り出すような声で陽太は話を始めた。

「消えたと思ったのに、もう見えないと思ったのに。いなくなったんじゃなかったの？　この人がなんとかしてくれたんじゃなかったの？」

「この人じゃなくて花坂ハルトって名前があるからね」

ハルトは苦笑いするが、子供の言うことだから大目に見よう、と己に言い聞かせているようだ。

「大本を取り除いていないその場しのぎの仕事だ。長くもたないのはわかっていた」

陽太は潤があげたお守りを握りしめてうなだれる。

「お守りだって持ってるのに……」

「普通ならそれで大丈夫だが、君にはそうもいかない事情があったのだ」

潤の力も抑え込むほどの力があるお守りが効かない事情とはなんだろう。

「あれ、ちょっと待って。だって夕方に会ったときは、霊は見えないって。あれはなんだったの？」

陽太は不思議そうにしている。

「夕方って、一昨日の?」

「一昨日?」

間抜けに聞き返してしまう。

「ああ、大事なことを言い忘れていた。君が昏睡していたのは丸二日間だ。これに懲りて、霊の記憶を覗くような真似は……」

「た、大変だ!」

潤は慌てて電話をかけようとする。

「ぎゃああっ! 叔母さんからの着信が百件以上も! スズ姉、うわ、担任の先生まで っ」

「次は一生目覚めないかもしれないぞ。少しは身に染みたかね?」

「はい……。でもせめて自宅に運んでくれるとか……」

「浄化する場としてはここが適切だったのでね。君の状態は未知だったので動かしすぎるのも得策でないと判断した。さすがに二日目には夏目さんを通して連絡はしておいた」

どういういきさつを説明しているのか、あとで鈴音に聞いて上手く叔母さんと学校に言い訳しなければいけない。いろいろ考え始めると頭が痛いが、いまはそのことは忘れよう。

「さて話を元に戻そう。他に幽霊が見えているという子供はいるか？」

「ううん、僕だけみたい」

「陽太君は霊感が強くて見えてしまったとか？」

「いや違う。どちらかというと弱い方だろう」

「え、僕霊感弱いの？」

なぜか残念な顔をしている。子供心は複雑だ。いざ霊感がないと言われると寂しさを感じるのかもしれない。

「でもお守りがあるのに見えるのって？」

「これは予想外だった。一つ見落としていた」

高橋は珍しく思案にふけったあと、陽太の顔をまっすぐに見て問う。

「君は幽霊の女の子に心当たりはないのか？」

「あ、そうだった。それも言いに来たんだよ。僕、あの子知ってる」

陽太が身を乗り出してくる。

「やはりそうか」

何か納得している高橋だが、潤にしてみれば驚きの連続だ。

「し、知ってるの？」

「うん。この前ママと話しててやっと思い出せた。保育園のとき、一緒だったんだ。ほら、保育園のアルバムにも載ってるよ」

陽太が取り出したのはポップなデザインの保育園のアルバムだった。その中の一ページには、園児たちの名前と顔写真がずらっと並んでいた。

「ほらこの子。葵《あおい》ちゃんって言うんだ」

恨みがましい顔をした霊とは違うが、たしかに目鼻立ちがそっくりの女の子の写真があった。

「似てる……え？」

言葉がつまったのは似ているからではない。それも充分驚きではあったが、もっと潤を驚かせることが書いてあった。

写真の下に園児の名前が載っている。

「重野葵……。まさか」

「そうだ。重野英介の娘だよ」

高橋はこともなげに断言する。すでに知っていたようだ。

「葵ってAOIビルのあおいですか？　ビルに自分の娘の名前をつけたの？」

「そういうことになるな。さて説明の補足を陽太君にしてもらおうか。君はこの女の子が亡くなった日のことを覚えているか？」

陽太は暗い顔でうつむいた。

「葵ちゃんは、僕と仲良かったんだけどある日来なくなっちゃった。引っ越しちゃったって聞いてたんだけど、本当は違ったみたい。交通事故で亡くなったんだって」

「交通事故？」

「ママはお葬式に行ったって。葵ちゃんのパパとママ、ずっと泣いてたって」

ならばどうして女の子――葵は自分の父親を恨みのこもった目で見ていたのだろう。

「これが当時の事故の記録だ」

高橋が取り出したのは新聞のコピーだ。朝の通学時間帯に居眠り運転のトラックが歩道につっこんだ。運悪くその場にいた当時五歳の女の子が亡くなった。簡潔にいうとそんな事件だった。

「葵ちゃん、どうして僕のところに現れたのかな？　忘れちゃって怒ってたのかな。なんか呼ばれている気がするんだ」

陽太が前ほど怖がらなくなったのは仲の良かった女の子だとわかったからか。それでも普通は怖がりそうなものだ。きっと性根の優しい子なのだろう。

陽太の背中をじっと見ていた女の子——葵の悲しそうな姿を思い出す。

「君だけに女の子の霊が見えたのは縁があったからだろう。ただ、呼んでいるというのは、あながちまちがっていないのかもしれない。女の子に自覚はないだろうが、結果的に陽太君をあちらの世界に招き入れることになるかもしれない。寂しくて、昔を懐かしんで、一緒に遊んでほしくて呼んでいるだけなのだろうが」

「少し違うと思う」

高橋の見解は、潤が見た姿とわずかにずれている。

「あれはきっと、うらやましいんだと思う」

「僕が生きてるから？」

それも少し違う。霊の記憶の中に見たピンク色のモノを思い出す。

——あれはきっと……。

彼女のささやかな願いを思うと胸が苦しくなる。なんともやるせない。

「葵ちゃんとは仲良かったけど、でも僕まだ死にたくないよ」

陽太は身震いをした。

「だから見えないようにしてください。前みたいに退治してなんて言いません。葵ちゃんがかわいそうです。でも僕もお化けは見たくないんです。20万円出します」

しっかりとした口調で頭を下げた。そこらの大人よりずっと礼儀正しい。少なくとも自分よりずっとましだと思い、潤はひそかに気落ちした。

「お金、大丈夫なの？」

「ずっと貯めたお年玉で僕が半分。残り半分はママが出してくれるって」

「お母さん信じてくれたんだ」

「うん、この前ね、家にこの人……花坂ハルトさんが来たんだ。葵ちゃんのこと知りたいって。そのとき僕が霊が見えて困っていたことも話してくれた」

高橋が言っていた営業努力とはこのことだろうか。一方的にハルトが高橋を頼っていると思っていたが、意外と持ちつ持たれつなのかもしれない。

「現金だよね。僕がどんなに必死になって言っても信じてくれなかったのに、テレビに出ている有名な人の言うことはすぐに信じるんだよ。僕ちょっと大人不信になったよ」

唇をとがらせて陽太は不満そうだ。

「そうか。ハルトさんも動いてたんだ」

「それでハルトさんが、最後にママとパパにこう言ったんだ。高橋健一に任せればなにも問題はないって。ママは花坂ハルトに頼みたかったみたいだけど、僕はおじさんのほうがすごそうに見えるから」

　曇りのない瞳で高橋をまっすぐに見る。

「問題が一つある」

　黙って聞いていた高橋は重々しく口を開く。

「お金ならあります。あとでママがここに来ます」

「いやお金の問題ではない。金額が20万のときはお守りを渡すつもりだった。しかし君と霊の間には縁があり、お守りでは防げないとわかった。違う方法が必要になる」

「おい健一、まさか値上げか？」

　ハルトがちょっと待ったと顔を上げる。

「いいや逆だ、安くなる」

「ならいいけど……、ってそれならどうして最初からその安いほうの金額を提示しないんだよ」

　なぜかいつもと違う高橋の口調を潤は怪訝に思った。

「救われない方法だからな」

　高橋は険しい横顔でつぶやいた。

13

潤が再びＡＯＩビルに向かうとき、隣には高橋がいた。

時間は前回と同じ時間帯で夕方。重野はエントランス前で掃除をしており、ちょうど塾に通う子供たちの姿が見えた。

重野はその一人一人を注意深く見ている。ときおり視線は危険な車が来ないか探るように車道に向けられ、再び掃除を再開する。

――やっぱり子供たちを見守っている。

それはきっと自分の子供、葵を交通事故で亡くしたからだ。その悲劇を繰り返したくないからだ。

なのに重野は自分の娘に恨まれている。出してと娘は叫んでいる。ちょっとした行き違いが生んだ悲劇だ。

「やはり悪霊の気配は特定しにくいな」

ビルを見上げて高橋は難しそうな顔をする。いやいつも難しそうな顔をしているので、よりやっかいそうと言えばいいだろうか。

「ハルトさんも同じこと言ってましたよ」

なぜそこで舌打ちをするのだろう。ハルトと一緒なのがそんなに気に入らないのか。

「相応の理由はある。今回は本当に特殊なケースだ」

なぜ霊の場所が特定しにくいのか、葵はどこに閉じ込められているのか、なぜ重野は自分の娘に恨まれているのか、いまからそれが解き明かされる。解き明かされなかったら、誰もが不幸のままだ。

「なんだおまえたちは？　霊は前に祓ったただろう。よけいなことはするな！」

こちらに気づいた重野は最初から敵対心をむき出しにしてきた。

「でもまた幽霊が出始めたという噂がありますよね」

潤の言葉にも重野の頑《かたく》なな態度は変わらなかった。

「しょせん噂だ。必要以上に怖がっているから、ありもしないものが見えるんだ」

「そうか。ではあなたの背後にいる少女の霊も、ただの幻、存在しないと言うんですね」

静観していた高橋が淡々と語ると、重野の態度はとたんに豹変した。

「どこだ。どこにいる？」

周囲を見渡して、必死に探していた。

「幻の在《あ》り処《か》を聞いてどうするのかね？　あなたにしてみれば、ただのたわごとなのだろう」

　意地悪く言っているわけではなく、ただ単純に事実を述べているだけという平坦さ。高橋の声からは、感情というものが完全に排除されていた。

　それがかえって不気味なのか、重野はそれこそ幽霊を見るかのように高橋を見た。メガネの奥に見える知的な瞳は、微動だにせず、ただ重野を見返した。

　しかし重野は顔をそらしてしまう。そのまま女の子を探している。

　高橋は五芒星の手袋をはめると、つかつかとビルの中に入る。

「ではこれより除霊を行う」

「だから除霊はいらんと！」

　立ちはだかる重野だが威圧感のある眼差しに気おされて、数歩下がってしまう。

「これは、ここに通うある少年の依頼を遂行するためのものだ。少年は女の子の霊、もう名を言ってしまってもいいだろう。重野葵と生前仲が良かった、工藤陽太君だ」

　淡々と語る高橋に対して、娘の名を出された重野の動揺は大きかった。

「な、なにを言っている……」

「霊と縁のある少年はなかば取り憑かれている。どうにかしなければならない。しかしいくら少年を救うためとはいえ、このような手段はやはり気が引けてしまう」

「気が引ける？　あんた何をするつもりなんだ？」

高橋の言い方に不安を感じたのだろう。重野は、問いかけるというよりも恐れているようだ。

「悪霊の魂を消滅させる」

重野の顔が見る間に真っ赤になり、すさまじい形相を作る。

「悪霊とはいえ、幼い子供の魂を消滅させるのはどうかと思ったが、やはり生きている人間を優先するのが道理だろう。少年の家族が支払える依頼料にも限度がある。どこかで折り合いはつけないといけない」

「ふざけるな！　そんなことしてみろ！　ただではおかんぞ、絶対に貴様を許さんぞ！」

前回と同じように重野は激昂した。潤やハルトを追い出したときと一緒だ。その理由もいまとなってはわかる。自分の娘の魂を消滅させる。これで怒らなければ親でない。

霊を成仏させたくない。娘の霊が近くにいるのなら、ずっとそばにいてほしいのだ。重野の反応はこれですべて説明がつく。

予測済みの反応だったからか、それとも神経が図太いのか、高橋は顔色一つどころかほんのわずかの表情すら変えなかった。

「霊が現世にとどまっていることは決していいことではない。魂が迷っていることを意味する。本来は成仏しなければならない」

「何を言っている。あの子は俺のそばにいたいんだ。いるのが一番なんだ。だから成仏もしないで、ずっとずっと俺のそばにいた。いままで気づいてやれなかった。寂しい思いをさせた。これからはずっと……」

「そうやって都合のいい言葉をどれだけ並べれば気がすむのかね？　三田村君、君が感じた女の子の霊の言葉をいま一度、ここで言いなさい」

「ええと。出して、出して、だった。恨みがましい様子でそればっかりを繰り返して……」

　重野葵は交通事故で亡くなっている。だとするならばちぐはぐな言葉だ。

「あの子がそんな恨みがましいことを言うわけが、あ、いや、そうか。あの子を轢《ひ》いた車のドライバーを恨んでいるのか」

「それなら出して出してと繰り返すのはおかしいと思わないかね？」

　娘が父を恨む理由にもならない。

「じゃあなんだっていうんだ。あの子は寂しがって俺のそばにいるんだ。なら寂しくないようにしてあげるのが俺の親としての務めだろう」

「なぜ成仏していないのか。考えたことはなかったかね？」

高橋の一言に、重野は言葉を詰まらせてしまった。

「葬式もきちんと行われた。初七日も四十九日も一周忌もすべて丁寧に行われた。本来なら成仏できるはずだ。もちろんまだ迷うこともあるが、それなら迷う場所は事故現場であって、ここではない。そもそも親を慕っているならば、悪霊になりかけ、様々な霊をビルに呼び込んだりはしないだろう」

「人の娘を捕まえて悪霊だと！」

「事実だからしかたない。深い恨みを抱き、いまや悪霊一歩手前だ。しかし娘さんに罪はない。彼女も被害者だ」

高橋が何もない空間に目を向ける。少なくとも重野にはそう見えるはずだ。しかしお守りを持っていない潤にも、当然のことながら高橋にもそこにある霊の姿が見えている。

――出して出して出して。

おぞましい声でつぶやいている。しかしいまとなっては哀れみの感情だけで恐怖はさほど感じなかった。

「君はいまどこにいる？」

葵は答えない。憎しみの眼差しを父親に向けるだけだ。意思の疎通は不可能に等しい。

「やはり出してくれという強い思念しか伝わらないか」

高橋は葵の霊から目を離し、再び重野を見る。

「さて今回のこのビルで起こっている霊障だが、いくつも不可解なことがあった。ひとまずまとめてみよう。重野さん、どう行動すべきかそれを聞いてからでもいいだろう？」

「そこまで言うなら聞かせてみろ。たわごとだったら、二度とこのビルには近づかせないからな！」

怒りの表情で詰め寄る重野に、高橋は軽くうなずく。

「では不可解な点をまとめるとしよう。第一の疑問、なぜ重野葵は父親を恨んでいるのか。第二の疑問、なぜ事故現場ではなくこのビルで悪霊化しているのか。第三の疑問、なぜ事故死なのに出してと叫び続けるのか。第四の疑問、なぜ霊の居場所を特定しにくいのか。第五の疑問、重野葵が閉じ込められている場所はどこなのか。重野葵の悪霊化はいくつもの疑問がある不可解なものだった」

確かに、ちぐはぐな疑問ばかりだ。

重野は腕を組んだまま黙って聞いているが、いまにも怒鳴り散らして暴れ出しそうな顔をしている。

「それらの疑問をすべて結びつける解が一つだけある。このビルで重野葵の大規模な降霊術が偶然行われてしまったのだよ」

隙あらば追い出してやろうという顔をしていた重野だが、思いがけない言葉に間の抜けた顔をした。

「……こ、降霊術？」

「死者の魂を呼び寄せ憑依させ、対話を可能とする術のことだ」

「はっ、何を言うかと思えばバカバカしい。そうか。俺が娘の霊を呼び出したとでも言うつもりか」

「間接的にはそうだろう。しかし意図したものではない。先ほども言ったがこれは偶然の産物だ」

高橋はビルの案内掲示板の一番上に書かれている文字を指さす。

「降霊術にはいくつかの方法があるが、今回のケースで必要なのは二つ。一つは依代《よりしろ》。憑依させる対象だ。たいていは降霊術を行う人間が依代となるのだが。そして呼び寄せる魂と縁が深い遺品。この二つがそろっていることが絶対条件だ」

「そんな怪しげな降霊術をやってる人間なんて、このビルにはどこにもいないぞ。いったい誰に乗り移ってるっていうんだ？」

文句を言いながらも問いかけてくる重野。もしかしたら娘と会えるかもしれないという希望を、わずかでも抱いているのかもしれない。

「今回は誰にではなく、何にと問うべきだ」

「何に？」

高橋はビルの案内板の一番上に書かれている文字を指さす。

「この建物の名はＡＯＩビル。亡き娘を思ってつけただけかもしれないが、結果としてこのビルが依代になってしまった。娘の霊はこのビルに降りてしまった」

「ビ、ビルに降りた？」

重野は何を馬鹿なという顔で、周囲を見渡した。

「その結果、霊の居場所を特定しにくくなった。それもそのはずだ。このビル全体が重野葵の依代だ。どこにいるかと問われれば、ビルの中ならばどこにでもいるという話になる。故に事故現場でもないビルに重野葵の霊は出現するようになり、なおかつ居場所が特定しにくくなった。これでいくつかの疑問の説明はつく」

「待て待て待て、何を勝手なことを言っている？」

「だから言っただろう。不幸な偶然だと。さて問題はなぜ降霊術が行われたかだ。繰り返すがこれは偶然の結果だ。その偶然により、娘は父親を恨み、出してほしいと叫び続けるはめになった」

「出してってもしかしてビルから？」

潤は口にしながらも、頭の中では否定をしていた。霊の記憶で見た狭い箱は、鮮明に覚えている。

「二つの条件のうちの一つはクリアされた。そしてもう一つ、重野葵と縁の深い遺品だが、彼女の霊は、いつもうさぎのぬいぐるみを持っている。そのぬいぐるみは……」

「待て！　だまされないぞ！　そうやってもっともらしいことを言って、結局は法外な金をせしめるつもりなんだろう！」

己を奮い立たせるように、重野は勢いよく怒鳴り詰め寄った。しかし高橋は眉一つ動かさずまるで動じない。

「一つ勘違いをしているようだ。今回の法外な、とあなたが思っている請求額だが、最たる理由はここにある。あるモノを、霊的に鎮めながら掘り出さなければならない。

ただの建築業者ではだめだ。特殊技能が必要になる。そのため、通常の工事費よりは高額になる」

「まさかコンクリートの土台を掘り起こすの？」

潤は驚いた。やはりビルの下に埋められていたのか。

「そこまで大げさではない。ただ通常はビルの解体時に掘り起こすものなのだが」

ビルの解体時に掘り起こす。ということは普通に埋まっていてもおかしくないということだろうか。

何か釈然としない。

「なぜ重野葵はずっと出してと言っているのか。閉じ込められているという箱はどこにあるのか。それとももう一つ、ビルを工事しなければならない理由。重野さん、あなたにはもうわかっているはずだ。自分の娘の魂がどこに閉じ込められているか」

「まさか、そんな……。そんなことになるとは……」

思い当たる節があるのか、重野はうなだれたまま、うわごとのようにつぶやく。

「わかっている。自分の娘の魂を苦しめるなんて思ってもいなかったことだろう。そこにあるのは純粋な愛情だった。中に入れた遺品も、このビルに娘の名をつけて残すのも。しかし愛情が仇になることは往々にしてあるのだ」

高橋の目線の先には、ＡＯＩビルと書かれたネームプレートがある。

「あなたの想い、娘の名前をつけたビル、そして思い出の品をビルの中に封じ込めてしまった。結果、あなたの娘はこのビルに囚われた。成仏できなくなったのだ。あなたのそばにいたくているのではない」

重野が大きく目を見開いた。

高橋はビルのエントランスから外に出ると、その脇にある壁のそばに立った。以前ハルトがビルの建築時期がわかると言った定礎と書かれた石板の前だ。

「礎石という言葉がある。昔の日本の建築方法では、土台となる石を埋めた。いまは建築方法も変わり、礎石というものは使わなくなったが、その風習は形を変えて残っている」

高橋は定礎と書かれた石板を指さす。

「それがこの定礎と書かれた石板だ。工事の竣工日を彫り、建物に取り付ける風習へと変わっていった。しかしこれはただの石板ではない。この定礎板の裏には、定礎箱という箱が埋められている。ビル建築の関係者の名前や図面、当時の新聞などを収める。一種のタイムカプセルのようなものだ」

「定礎箱？」

初めて聞く言葉だった。当時の新聞という言葉から連想できるのは潤が最初に見た記憶だ。石板に彫られている竣工の日付と同時期の新聞が入っていた。高橋が言っていた内容そのものだ。

「じゃあその中に、葵ちゃんの何かが？」

潤の言葉に重野は怯えた目をした。

「じゃあその箱を取り出して開けてあげれば、解決なんですね！」

潤は喜び勇んで言ったが、高橋が違うと首を振る。

「このビルからあなたの娘の霊を解き放つには、ビルの名称や定礎箱の中身をどうにかすればいい問題ではない。なによりもあなたの娘の魂を縛り付けているのは、あなた自身の想いだ」

喜びかけた潤はたちまち気落ちする。いたたまれない。愛情こそが自分の娘を苦しめていたのだと言われた重野の表情は、見ている潤のほうが悲しくなるほどだった。

「除霊に同意するということは、あなたが娘の魂を解き放つ決意をするということと同義となる」

重野は顔を覆いその場にしゃがみ込んでしまった。伏せた顔から嗚咽《おえつ》の声がもれている。

「解き放たれるのは娘の魂だけではない。あなたの心もまた縛られている。いまこの状況は誰も幸せではないし、この先にあるのは不幸でしかない」

「……不幸でしかない？」

「これだけテナントが埋まらなければ、赤字は雪だるま式に膨らむ。近い将来、あなたはこのビルを手放さざるを得ないだろう。やがてこのビルは娘の魂をとらえたまま、解体されることになる。魂は成仏する機会を失い、この場で悪霊化していずれ退治されるか、あるいは自然に消滅してしまうかだ。救う機会はいましかない」

「ふざけるな！　いい加減なことを言うな！　貴様にあの子の何がわかるというんだ！」

「あなたこそわかっていない。なぜ自分の娘が悪霊化してしまったのか、なぜこのビルにいるのか。すべては偶然が引き起こした悲劇だが、それを解決する手段を行使できるかどうかは偶然でもなんでもない。あなたの意思だ」

　重野はうなだれたままだ。

「そんな馬鹿なことあるものか……」

　ようやく絞り出た声は、しかし拒絶の言葉だった。高橋は失望を隠せない表情をする。

「ならばしかたない。かわいそうだが、悪霊を消し去るしかない」

「そんなことをさせてたまるか」

　重野は立ち上がると高橋に襲いかかった。しかし高橋はまったく冷静沈着なまま、重野の腕を取ってそのままいなしてしまう。無様に地面に転がった重野はそれでもなお高橋に飛びかかろうとした。

「ピンク色のランドセルっ！」

　その動きを止めたのは潤の叫び声だった。

「なんだと？」

　重野は目を見開き潤を見る。

「あの子は、葵ちゃんはランドセルを背負いたかったんだ！」

「いったい何を言っている？」

　言葉と裏腹に重野は動揺しているように見えた。

「淡いピンク色のランドセル……。たぶんうしろに何か模様……お城かなにか刺繍をしてあるランドセルがあったはずだ。葵ちゃんはそれを背負いたかった。保育園で一緒だった陽太君がここに来て、陽太君のランドセルを見て、うらやましかった。だから」

「どうして知っている？　なぜおまえがあの子のランドセルを知っている！」

「俺、ちょっと霊の記憶が見えるんです。それで見えたんです。ランドセルを見ている葵ちゃんの記憶が。嬉しそうに手に取っている感じでした。はっきりそう見えたわけじゃないけど……。でもあれは、ランドセルだったんだ。楽しみにしてたんだ」

　重野の表情がくしゃっと歪む。

「友達と一緒に通いたかったのか……」

　怒りに染まっていた表情から一転、重野はなんともいえずつらそうな顔になった。

「友達と一緒に……小学校に……。そうか、あの子は陽太君か。生きていればもう葵もあんなに大きくなっていたのか……」

　涙が次から次へととめどなく流れる。

「そうか。こんなところに閉じ込めてちゃ、つらいよな。悲しいよな。ごめんな。葵、ごめんな……」

　重野は涙をぼろぼろと流しながら、何度も娘の名を繰り返した。

　どれだけ時間がたっただろうか。重野はのろのろと立ち上がると高橋の前に行く。

「あなたに頼めば、葵の魂は助かるのか？」

「責任をもって成仏させよう」

重野はそれからじっとうつむいたままだ。そこにどれだけ葛藤があるのか、震える肩や零れ落ちる涙からしか想像はできなかった。

やがて高橋に頭を下げて、絞り出すような声で言った。

「娘の魂をよろしくお願いします。成仏させてください」

14

ビルの名称を変えるという名目で工事が始まったのは、五日後だった。休日でビルに来る人が少ないのも都合がよかった。作業自体は時間がかかるものではない。取り出すだけなら一日ですむという。

気になった潤は工事が始まった日の夕方にＡＯＩビルに向かった。その時間帯はちょうど陽太も塾に来る時間だ。

エントランスの脇にある定礎のまわりは工事用のシートで覆われていて、中は見えなかった。

中からは工事の音が聞こえてくる。それ自体は何もおかしな風景ではなかった。少しばかり拍子抜けだ。中から怪しげな呪文なりお経なりが聞こえてくるのかと思っていたからだ。

端にある出入り口から高橋が姿を見せた。

「そんなところでうろちょろされると迷惑だ。早く入りたまえ」

潤が中に入ると定礎と書かれた石板の周囲のコンクリートが、ちょうど破壊されたところだった。

「いまから開けるところだ」

工事の人が壁のコンクリートと定礎と書かれた板の間にバールを入れる。

「ぜんぜん知りませんでした。定礎って書かれた石の壁の中に、あんなものが入ってるなんて」

バールで板がはがされると、その裏から五十センチ四方くらいの四角い空間が出てきた。その中には一回り小さい四角い箱が入っている。

「かなり淀んでいるな」

中に渦巻いていた見えない淀みがまわりに流れ出す。淀みに触れて一瞬気持ち悪くなったが、それもすぐに薄まり気分も落ち着いてくる。高橋が行っていた事前の準備、お札やしめ縄等にそのような効果があるのだろう。これでは普通の業者に頼めない。

「あれが定礎箱ですか？」

「そうだ。たいていのビルには定礎という石のパネルがあり、その中には定礎箱が収められている。ビルの解体時に取り出されるのが普通で、こうして築五年で取り出されるケースはまずない」

重野は定礎箱を手に取ると、慎重な手つきでふたを開けた。中には当時の新聞やビルの図面などが収められている。一種のタイムカプセルで記念的意味合いが強い。しかしそこにもう一つ重野は娘との想い出の品を入れてしまった。

うさぎのぬいぐるみだ。

娘の名と娘の思い出の品。この二つがビルに重野葵の魂を縛り付けてしまった。

「ごめん、ごめんな。俺は葵を苦しめていたんだな」

重野はぬいぐるみを抱きしめて、ずっと泣いていた。

その背後に小さな女の子の霊が現れた。葵の霊だ。しかしその表情は恨みをはらんだものではなく、保育園のアルバムにあったのと同じ、無邪気な笑顔だった。

何かを重野に向かってつぶやく。潤には聞こえなかったが、ありがとうと言っているように見えた。そう思いたかっただけかもしれない。

泣いていた重野はふと顔を上げると、自分の背後を見る。

「まさかそこにいるのか」

伸ばされた手が葵の霊に触れることはない。それでも霊は手を重ねてきた。その体も存在が薄くなり、やがて消えてしまった。

重野は自然と空を見た。潤も空を見た。成仏すると人はやはり天に昇るのだろうか。抜けるような青空を見て、潤はそう願わずにはいられなかった。

15

後日、あのときの葵の魂は成仏して天に昇ったのかと高橋に聞くと、じつにそっけない答えが返ってきた。

「知らんよ」

「し、知らないって……」

「現世を迷っている霊の言葉の断片を聞くことはできるが、成仏した魂は現世にいない。あの世が上なのか下なのか、天にあるのか地にあるのか、知りようがないではないか」

夢皆無の現実的な意見だ。

「でもどこかにあるはずだよね。魂の帰る先、あるんですよね？」

いままでさほど気にしたことはなかったが、いまはどこかにあってほしいと思う。

「まあどこかにはあるだろう。ないと困る。私が詐欺を働いたことになってしまう」

「そんな理由……」

脱力するしかない。

「ムリムリ、健一に情緒的な言葉を期待したって無理だよ」

そう言って事務所にノックもなしに入って来たのはハルトだ。

「こんにちはハルトさん」

「はい、こんにちは」

元気な挨拶は言霊《ことだま》の第一歩。教えられてから実践するように努めている。しかしそれを教えてくれたはずの人物は渋面を作って挨拶をしようとはしなかった。有能ゆえの驕《おご》りである。

「ああ、騒がしいのが増えた」

高橋は静寂が恋しいとでも言いたそうに窓の外に目を向ける。

「おいおい、人を呼んでおいてその態度はないんじゃないの？」

「え、呼び出されたんですか？」

「その言い方ってなんか怒られにきたみたいだね。呼ばれただけだよ。で、用件ってなんなの？」

「これだ」

渋面を崩さず高橋は厚みのある封筒を差し出した。

「なにこれ？」

無造作に中を開けると札束が入っている。

「報酬だ」

「報酬？」

「今回おまえが動いて工藤家に関わったおかげで、仕事がスムーズに進んだ。助かった。感謝している」

「僕は報酬がほしくてやったわけじゃないよ」

「それでも、だ。無報酬を美徳と思うな。正規の料金を高いと思わせる側面も持っている。己の財産にモノを言わせて繰り返せば同業者へ営業妨害だ。ゆえに受け取れ。受け取る義務がある」

「なんだよ、せっかく褒められたと思ったら、また説教かよ。おまえどれだけ説教好きなんだよ」

封筒を乱暴にポケットにねじ込むと、ハルトはふんとそっぽを向く。

「で、そんなに僕がやったことは役に立ったか？」

「珍しくな」

「なんだよそりゃ。褒めるならちゃんと褒めろよ！」

　仲がいいのか悪いのか。

　二人のやりとりを潤は不思議そうに見ていた。

　いつのまにか事務所内は明るい雰囲気に包まれている。少なくともここが悪い霊に取り憑かれることはなさそうだった。

「三田村君、君にも今回は世話になった」

「え、なんでですか？　だって勝手にひっかきまわして、しまいには倒れて高橋さんの迷惑になっただけですよね？」

「重野氏の決断を後押ししたのは、君が霊視した娘の記憶、ランドセルだ。彼が首をたてに振らなければ、今回の除霊方法は成立しなかった。迷惑料を差し引いても、利益のほうが上だろう。いや、そのはずだ」

　自信がなくなったのか、高橋は電卓を叩き出す。迷惑料と言われると地味に傷つく。

「ふむ、まあプラスか」

　赤点ギリギリみたいな言い方だ。

「そこで君への報酬だが……」

「いや、いいです。お金のためにやったわけじゃないし」

「花坂にも言ったが報酬はきちんと受け取りたまえ」

「でも俺、その道で食ってるわけじゃないし……」

やはり報酬というのは抵抗がある。人助けの前提に報酬のやりとりがあるのは納得ができない。

それを素直に高橋に言うと、やれやれという表情をされた。

「そう答えるだろうと思っていたが、やはりそう答えてきたか」

「でも結局、最後は高橋さんに頼って助けてもらったのに、なんか偉そうなこと言ってすみません」

もやもやした気持ちはうまく表現できなかった。ただ、報酬を拒否したということは高橋の考えも拒否するのと同義だ。そんな生意気なことをしておいて、いままでのように高橋に甘えるのは違うと思った。

これ以上ここにいてもしかたないと思った潤は帰り支度をする。

「待ちたまえ。報酬の件はまだだ」

「だからいらないって」

「金銭ではない。違う形で君に報酬を支払おう」

「違う形？」

「君は霊力の扱い方をまったく知らない。身の守り方も知らない。いまのままでは、もっと痛い目にあう。そうならないために、私が手ほどきをしよう。それが報酬だ」

潤は目を大きく見開き高橋を見つめた。

「え……？　それってもしかして弟子入りってことですか⁉」

「違う。報酬だ」

「……やった！　ついに弟子入りを認められた！」

潤はまるで耳を貸さずその場で飛び跳ねて喜んだ。

「よかったね。おめでとう」

ハルトもパチパチと大げさに拍手をして、祝福している。

「二人とも話を聞け。……はぁ」

あきらめた高橋は引き出しからお守りを出すと潤に渡した。

「あの少年からもう必要ないと渡された。次は簡単に貸したりするな」

「はいっ！」

返事だけはいい。そう言ってあきれる高橋だが、少しだけ柔らかい表情で一通の手紙を差し出す。

「それともう一つ、重野さんからお礼の手紙をいただいている。君にも読む権利はあるだろう」

手紙はまだ未開封だった。

「俺が最初に読んでいいんですか？」

「今回の一番の功労者は君だろう」

「まあ、僕もがんばったけど、今回は潤君に譲ってもいいかな」

高橋とハルトに見守られて、潤はどきどきしながら封を開ける。

「読みますね。えーと、拝啓、長かった梅雨も明け、きょうは爽やかなそよ風が吹き渡ってい、い、痛っ。舌かんじゃった」

「落ち着いて落ち着いて」

ハルトは深呼吸をする仕草をする。潤は何度か深く息を吸い込むと、できるだけ落ち着いて手紙を声に出して読み始めた。

『その節は娘の葵ともどもお世話になり、まことにありがとうございます。

私はようやく娘への気持ちの整理をつけられるようになり、以前よりは前を向いて生活ができるようになったようです。

思えば私の心もずっとあのビルに捕らわれていました。塾に通う子供たちの中に、成長した葵の姿があることを思う日も多かったと思います。

しかしそのような想いはますます葵の魂を縛り付けることになってしまったのでしょう。

葵には申し訳ないことをしました。ビルの皆様方にもご迷惑をかけてしまいました。しかしお祓いコンサルタント事務所の皆様方のおかげで、過ちを正すことができました。

あのとき三田村さんの言葉がなかったら、私はいまだに迷い、葵を苦しめていたことでしょう。本当に愚かでした。

いまは葵の魂が、安らかに成仏するのを祈るばかりです。

あらためて御礼申し上げます。

末筆ながら、皆様方のますますのご活躍をお祈り申し上げます。敬具』

すべてを読み上げると、潤は胸からわきあがる思いに体が震えた。

「よかった。本当によかった」

見れば高橋も満足そうに笑っている。ハルトもうんうんとうなずいていた。憧れていた笑顔が目の前にあった。

いまの自分も彼らのように笑えているだろうか。少しだけ高橋に近づけた気がした。

「よおし、がんばるぞっ！」

あふれる衝動に拳を振り上げずにはいられなかった。

「弟子入りは認めてないからな」

高橋のややうんざりした声も、いまの潤には届かなかった。

お祓いコンサルタント高橋健一事務所の一日

高橋健一は決まった手順が好きだった。

朝は目覚ましがなくてもきっちり六時に目が覚めて、一週間サイクルの朝食の献立が崩れることはほとんどなかった。同じ時間の電車の同じ車両に乗り、同じ吊り革につかまり、同じ歩調で歩き、同じタイミングで信号で立ち止まり、一分の誤差もなく事務所に到着する。

それから仕事場である事務所の中を軽く掃除する。掃除機は使わず箒《ほうき》とちりとりを愛用するのは、掃《はら》うは祓うに通じるためだ。もともと清浄な土地柄なのだが、高橋が掃き終わったあとはさらに澄んだ空間になる。

きっちり二十分で掃除を終えると、パソコンを立ち上げ、メールのチェックを開始する。

依頼を解決した人々の謝辞が記されたメールは、プリントアウトしてファイリングして棚にしまっておく。ポジティブな想いで生み出されたものは、邪《よこしま》なものを祓う効果がある。ただあまり積み重ねると、想いは重いに転じかねない。そのあたりは経験則でバランスをとった。

他にも領収書の整理、経費の計算、帳簿付け、ホームページの更新、依頼人との面会、業者との打ち合わせなど、いくつもの物事をいつもの手順でこなしていく。

これらがすべて予定どおりにうまく行く日は気持ちがいい。高橋本人は気づいていないが、満足感に少し鼻の穴が膨らむ。

しかし高橋の決まった手順を脅かす存在ができてしまった。鼻の穴を膨らませる機会が減った。それは夕方の四時を回るとやってくる。

「おはようございまーす、こんにちはー、こんばんはー、おやすみなさーい！」

元気よくカオスな挨拶で入って来た三田村潤は、事務所の入り口で腕を組んで首をかしげる。

「いやあ、どれが一番いい挨拶でしょうね。こんにちはか、こんばんはか迷う時間帯ですよね。あ、だから逢魔時《おうまがとき》っていうのかな？　前のバイト先はいつでもおはようございますだったし、なんかこう、ビビッとくるものがあればいいんだけど」

以前、挨拶は大事と教えてから、潤は常に元気よくやってきた。

「少なくとも最後のは違う。それからいまは七月。まだ充分に明るい。逢魔時にはまだ二、三時間早いな」

健一が冷静に指摘すると、せっかくそれっぽい言葉を覚えたのにと潤が笑う。

明るく潑剌とした潤は、ファイリングされたメールや丁寧な掃き掃除のように、邪なものを祓う効果はありそうだが、高橋自身がもやっとした気持ちを抱いてしまう。もっと端的に言うと、なぜ彼が事務所に出入りするようになってしまったのか、いささか以上の後悔の念が湧き上がってきてしまう。

もう何度も来ているのに、潤は物珍しそうに事務所内を見渡していた。

「高橋さんってなんでもきっちりしてますよね。本棚はきちっと詰まってるし、置いてあるものは等間隔だし、机の上もみんな測ったみたいに九〇度で置かれてる。好きなゲームはテトリスっすか？　電源パターンって知ってます？」

「君はここに雑談しに来たのかね？」

「なに言ってるんですか。もちろん修行のためですよ。立派な霊能者になって、高橋さんの右腕として活躍するんです。ゆくゆくはこの事務所をうけついで、大勢の困ってる人を助けるんです！」

事務所を乗っ取る算段まで彼の人生設計はできているらしい。しかし高橋は最初の段階から異を唱えずにはいられない。

「君を雇うつもりはない」

「またまたあ」

人の話を聞かない少年だ。

潤は好奇心の赴くまま、棚からファイリングされたものを手に取って見ている。

「へえ、お礼のメールをこうしてまとめてるんですね。いいな、こんなふうにみんなから感謝されたいなあ。ここはなんて書いてあるんだ？　ちょっと見にくいな。この金具をはずせば少しは見やすく……あっ」

留め具が外れてファイルから大量の紙が床に散らばった。

このように潤は毎度高橋のペースを乱すことに余念がない。生活リズムを狂わされている身としては、少しばかりストレスがたまる。

ただ、いままでの生活のようにすべてがサイクルどおりということは、長い目で見ると閉塞しているとも言える。閉塞は気に淀みを生み、除霊にも影響が出る。いまは目に見えなくとも、いずれなんらかの形で影響は現れたかもしれない。

そういう意味では三田村潤のような異分子は歓迎すべき存在なのかもしれない。

――と考えれば彼もまた良い縁の一つだったのだろう。

そうでも思わないとやっていけないというのが本音なのだが、ともかく無理やり自分を納得させた。

二人で散らばった書類を拾い集めているのだが、潤の手はしばしば止まって文面を読んでいる。

「へえ、この人よかったですね。いまは立ち直ってちゃんと働けてるって」

熱心に読んでいる姿は好奇心の旺盛さと、感受性の豊かさをうかがわせる。

本当に嬉しそうにしている姿を見るに、感情移入しやすい傾向があるのだろう。霊能において、それは諸刃の剣だ。霊と接しやすいが、近づきすぎてしまう欠点もある。

彼は幼いころに両親を一度に亡くしている。それがつらくないはずはないし、トラウマにならないはずもない。明るく元気のいい言動に見過ごしそうになるが、心の内には誰にも言えない寂しさや悲しみを抱えているはずだ。

狼に取り憑かれたときも、重野葵のときも、高橋にも見えなかった霊の悲しみを彼は見ることができた。

そのどちらにも共通するのは、孤独と寂しさだ。一人だけ置いていかれる恐怖への共感だった。

彼は気づいているのだろうか。

五歳のときに両親を亡くした、それは人生の大きな言い訳にできる。自分はこんなにつらい思いをしたのだ、こんなに哀れな境遇なのだと振りかざせば、たいていの人は引き下がる。己の不幸は時に強力な免罪符になる。しかしそれに甘えてしまえば、待っているのは堕落だ。自分より幸福な者を妬み、嫉み、自分がダメなのは境遇のせいだからと努力を放棄する。

実際、悪霊たちはそういう思いを残したものも多い。死してなお、己の不幸を嘆き続ける。

しかし潤にはそういうところが一切ない。育ての親の叔父叔母や鈴音の人柄もあるだろうが、なにより、生来の本人の強さだろう。彼は明るく前向きに生きるエネルギーに満ちている。だから孤独の末に悪霊に成り果てた霊さえも、彼には気持ちを見せるのかもしれない。

悪霊の絶望に共感しつつも奥底に残るわずかな希望を照らせる潤。

霊能者としては本当に諸刃の剣だが、彼なら暗い感情に呑み込まれてしまうことはないだろう。

そんなことを考えつつ、結局、散らばった書類の四分の三は高橋が集める羽目になった。

「霊が見えるのをなんとかしてくれって依頼、多かったですね」

「たいていの霊は害になることはない。淀み、溜まることがないよう美しく整えておけばいい」

「この街にみたいに、ですか？　でも野良猫一匹いないのも、ちょっとつまらないですよね。美しさや清潔さっていうのと引き換えに、何か大事なものも失ってるような……」

たまに感心することも言うので侮れない。たしかにこの街は新しく不浄のものが少ない。が、綺麗に整備された新しい街は誰もが気持ちよく思うものであると同時に、よそよそしく冷たい印象もある。古い町の入り組んだ路地裏に郷愁にも似た安心感を抱くのは人間だけではない。霊も、猫も、草木も同じだ。雑草や野良猫の生存を許してくれる場所は人に優しい場所でもある。

「で、今日はどんな修行をするんですか？　お札の書き方？　呪文の習得？　九字の切り方なら知ってますよ！　アニメで観ました！」

高橋はふと考える。基礎的なことを教えようと思ったが、それより先に覚えてもらったほうがいいことがありそうだ。

「今日はこれを読みたまえ」

「え、これって？」

渡したのは先ほど拾い集めたお札のメールの束だ。

素直な性格からくる感受性の豊かさ、共感性の高さは潤の長所だ。それを封じ込めるのは得策ではない。霊がらみの事件を知ってもらい、怖さも覚えてもらう。同時に助かった人の喜びの声を知ることにより、ネガティブな感情だけを持たないようにする。

潤は好奇心に目を輝かせながら、ソファに座って読み始めた。

「おお、なんかいきなり大物きたあ！」

最初から興奮して盛り上がっている。

「静かに読みたまえ。いいね？」

わかりましたと元気よく返事をする潤だが、感嘆の声はしばしばこぼれていた。

それでもいくぶん静かになった。高橋は先日解決したばかりの依頼の書類をまとめる作業に入った。

前回の依頼から四週間がたつ。そろそろ新たな依頼を持ち込んできそうな時期だ。

「健一、助けてくれよ」

絶妙のタイミングで事務所のドアが開き、花坂ハルトがやってきた。

「うわあ、まるでドラえもんに泣きつくのび太みたいですね」

ファイルから顔を上げた潤が辛辣なことを言う。

「そうなんだよ。僕もみんなから頼られて大変でさ。こうしてごくごくたまに健一のところに、依頼を回してるんだ」

しかし春吉のメンタルの強さも並ではない。自分の都合のいい方向に受け取る天才である。ふと気づいたが、この二人似た者同士ではないだろうか。

「春吉、ドアがちゃんと閉まってないぞ」

「僕は花坂ハルトですー。大門春吉なんてダサい名前は受け付けていませーん」

「ともかく話してみろ」

春吉が持ってきた書類に目を通し、春吉からも事情を聴く。このときばかりは潤もおとなしく聞いていた。

「ふむ……」

一見難しそうに見えるが、じつのところそうでもない。いくつか手順を教えれば手を貸さなくても春吉一人で解決できるだろう。

いつもならそうしているが今日は少しばかり状況が違った。

高橋は潤に書類を差し出し、

「やってみるか？」

と問いかける。潤の表情が驚きから喜びへと変わっていった。

「いいんですか！」

経験がない分、春吉よりニュートラルな視点で物事を見られて、手順を自分で発見できるかもしれない。

それに何か目標を与えたほうが、潤の場合はうまく行きそうな気がする。というかよけいなことをされないですむ。

「おっ、潤君、やってみる？　僕の仕事を見るのもいい修行になるよ」

春吉はもともと人に見られることに慣れている上、潤の前では先輩の威厳を見せようとはりきってよりいい仕事をする。ＡＯＩビルでの働きぶりは、ハルトにしかできない方法で、健一も感心するものがあった。

この組み合わせはうまく行く。そうに違いない。なかば自分に言い聞かせて、依頼を春吉と潤に任せることにした。

これで少しは平穏な日々を取り戻せるというものだ。

「言うまでもないが、霊の記憶を見るのは禁止だぞ」

出かけようとする二人の背中に、言葉を投げかける。

「わかってます。切り札として最後までとっておきますから」

「だから禁止だと……」

「ではいってきまーす」

潤と春吉はあっというまにドアの向こうに消えてしまった。

「切り札を開幕でぶっぱなすなんて掟破りはどうだい？」

「ああ、いいですねそれ」

そんな不穏な会話が聞こえてきた。

それから書類整理に戻ろうとした高橋だが、思ったように捗《はかど》らない。理由はわかっている。任せたはいいが、時間がたつにつれ不安が大きくなってきたからだ。

「ああ、くそっ」

高橋は立ち上がるとビジネスバッグに必要なものをねじ込んで、足早に事務所を出て行った。

いつもより人の出入りが激しい事務所の空気は、心なしか新鮮になったようだった。

あとがき

こんにちは、葉山透と申します。

初めましての方もいらっしゃるでしょうか。

幻冬舎では二冊目の本になりますが、あとがきを書くのは初めてです。

一冊目の『それは宇宙人のしわざです　竜胆くんのミステリーファイル』は単行本ということもあり、あとがきがありません。

じつはこの本もあとがきの予定はありませんでした。担当さんからは書く書かないは自由ですと言われたので、無精者の私は書かなくていいかなと。

しかし最近になって始めたツイッターで、フォロワーさんからあとがきはないと寂しいですとコメントをいただき、やっぱり書こうと思った次第です。


さて、このお話の舞台は横浜です。神奈川県民歴も長く、みなとみらいはよく行く場所でもあるので、取材もいらなそうだし、ご当地モノっぽくもできるかなーと軽い気持ちで選んだら……。

いざ書いてみると、意外と知らなかったり、思い込みで間違っていることがあったり、情報が古かったり、でるわでるわ。

地元ってわざわざ路線図見たりしないいし、あらためて何かを探したりあんまりしないし、自分が行きつけのところにしか行かないし。

知らない土地の場合は、取材に行ったり、最新の資料を調べたりするのに、油断って怖いですね。

みなとみらいはしょっちゅう行っているから、と思ってたのですが、取材と違って注意深く見て回るわけではなく、用事をすませに行っているだけなので、見ているようで見ていないんだなーとつくづく思いました。

取材といえば、上野の国立科学博物館にも久しぶりに行ってきました。読んだ方はおわかりかと思いますが、あのシーンのためです。

他のシリーズでサイエンスを取り入れた霊能者ものを書いているので、せっかくだからいろいろじっくり博物館を見て回るつもりでした。……が。

今年の夏は暑すぎました。館内もじんわり暑くて、頭を使うのが面倒くさくなってきて、気づいたら、上野動物園でパンダの列に並んでいました。

流行りモノにも興味なく、行列も嫌いなのに、パンダ恐るべし。


と、いつのまにかパンダの話になってました。

ツイッターでアンケートをとった「あとがきで書いてほしい話」は「キャラクターについて」がダントツで多かったのに、パンダ。すみません（ちなみに二位が取材中のできごと、でした）。

でも、これは一作目。最初からキャラについてあとがきで作者みずから語るのも……と思ったので、それは二冊目以降にとっておきます。

二冊目、出せたらいいな。シリーズになったらいいな。と祈りつつ。

もしシリーズにできたら、潤の成長や叔父さん叔母さんの話も、高橋がお金にこだわるようになった過去も、編集さんの一番のお気に入りのハルトが活躍する話も書きたいなあともくろんでいます。

最後に謝辞です。

感謝を伝えたい方はたくさんいらっしゃいますが、スペシャルな三人を。

長く、本当に長く、待って待って支えてくださった編集の三枝さん。

たくさんデザインを考えて下さったbookwall様。

超素敵なイラストを描いてくださった新井伸浩様。三人ともイメージぴったり、いえそれ以上です。

本当にありがとうございました。

そして手にとって下さった読者の皆様。

次回作でもお会いできることを祈っております。

２０１８年８月　　葉山透

この作品は「デジタルポンツーン」（二〇一七年八、九月）連載分を
加筆・修正し、書き下ろしを加えた文庫オリジナルです。

幻冬舎文庫

●最新刊

放課後の厨房男子 野獣飯？篇

秋川滝美

通称・包丁部の活動拠点である調理実習室には今日もとっくに引退した3年生が入り浸る。存続の危機に直面する男子校弱小部を舞台に繰り広げられるガッツリ美味な料理に垂涎必至のストーリー。

●最新刊

800年後に会いにいく

河合莞爾

「西暦2826年にいる、あたしを助けて」。残業中の旅人のもとに、謎の少女・メイから動画メッセージが届く。旅人はメイのために〝ある方法〟を使って未来に旅立つことを決意するのだが——。

●最新刊

告知

久坂部　羊

在宅医療専門看護師のわたしは日々、終末期の患者や家に籠る患者とその家族への対応に追われる。治らないがん、安楽死、人生の終焉……リアルだが、どこか救われる6つの傑作連作医療小説。

●最新刊

神童

高嶋哲夫

人間とAIが対決する将棋電王戦。トップ棋士の取海は初めて将棋ソフトと対局するが、制作者は二十年前に奨励会でしのぎを削った親友だった。因縁の対決。取海はプロの威厳を守れるのか？

●最新刊

作家刑事毒島

中山七里

編集者の刺殺死体が発見された。作家志望者が容疑者に浮上するも捜査は難航。新人刑事・明日香の前に現れた助っ人は人気作家兼刑事技能指導員の毒島真理。痛快・ノンストップミステリ！

霊能者《れいのうしゃ》のお値段《ねだん》

お祓《はら》いコンサルタント高橋健一事務所《たかはしけんいちじむしょ》

葉山透《はやまとおる》

平成30年10月10日　初版発行

発行人――石原正康
編集人――袖山満一子
発行所――株式会社幻冬舎
〒151-0051東京都渋谷区千駄ヶ谷4-9-7
電話　03(5411)6222(営業)
　　　03(5411)6211(編集)
　　振替00120-8-767643

印刷・製本―図書印刷株式会社

装丁者――高橋雅之

検印廃止
万一、落丁乱丁のある場合は送料小社負担でお取替致します。小社宛にお送り下さい。

定価はカバーに表示してあります。

幻冬舎文庫

ISBN978-4-344-42796-9　C0193　は-34-1

幻冬舎ホームページアドレス　http://www.gentosha.co.jp/
この本に関するご意見・ご感想をメールでお寄せいただく場合は、
comment@gentosha.co.jpまで。